心をつなごう

野口直美

Noguchi Naomi

風詠社

心をつなごう ✣ 目次

生い立ちの章

生まれた時から私を育ててくれた両親・祖父母との追憶

社会人としての章

私の人生に大きな影響を与えてくれた人たち・出会い

終章

祈り　心をつなぐ

装画　野口裕司
装幀　２ＤＡＹ

生い立ちの章

生まれた時から私を育ててくれた両親・祖父母との追憶

1　ふるさと

私のふるさとは、北海道夕張郡栗山町です。父は夕張、母は栗山で暮らしていました。ご縁があり、私はこの場所で産まれ、幼少期を過ごしました。

辺り一面緑色の田園風景が広がる、のどかな場所です。


春…暖かな春の風、木々の緑、色とりどりの花、小鳥のさえずり、生き物全てが顔を出します。

夏…まぶしい太陽、セミの鳴き声、蝶が舞い、ひまわりが風に揺れ、海の音、波の音、浴衣に花火、夜空には月や星が輝きます。

秋…美しい山なみ、もみじの葉、稲が黄金に色づき、トンボが空高く飛んでいきます。

冬…真っ白な雪、雪だるまに氷の結晶、こたつにみかん、鍋料理、トナカイとサンタクロースとクリスマス、神様に手を合わせ、お正月を迎えます。

年一回、八月のお盆には、祖父・祖母が住んでいる、ふるさとへ帰省します。家族でお墓参りに行きます。祖母は、大きな夕張メロンやスイカ、茹でた枝豆やトウキビを食べさせてくれます。夕食は、手作りのおいなりさんやのり巻き、庭で育てた豆やフキの煮物やおつけもの、野菜やさつまいもの天プラがテーブルの上に並びます。

夜になると聴こえてくる和太鼓の響きと、盆踊りの音楽、浴衣を着て、みんな輪になり踊ります。

帰宅後、お風呂に入り、ラムネを飲みます。夜はフカフカの布団で川の字で寝ます。

次の日の朝食は、ごはんにみそ汁、玉子焼きに鮭の焼き魚、のりや納豆、庭で育てたトマトや野菜です。

朝食後、祖父はゆっくりと美味しいお茶を入れてくれます。帰る時には、家族を玄関の外まで送ってくれて、車が見えなくなるまで手を振り続けてくれました。

いつまでも、いつまでも…

大好きな、ふるさとに感謝致します。ありがとうございました。
大好きな、おじいちゃん・おばあちゃんに感謝致します。
ありがとうございました。

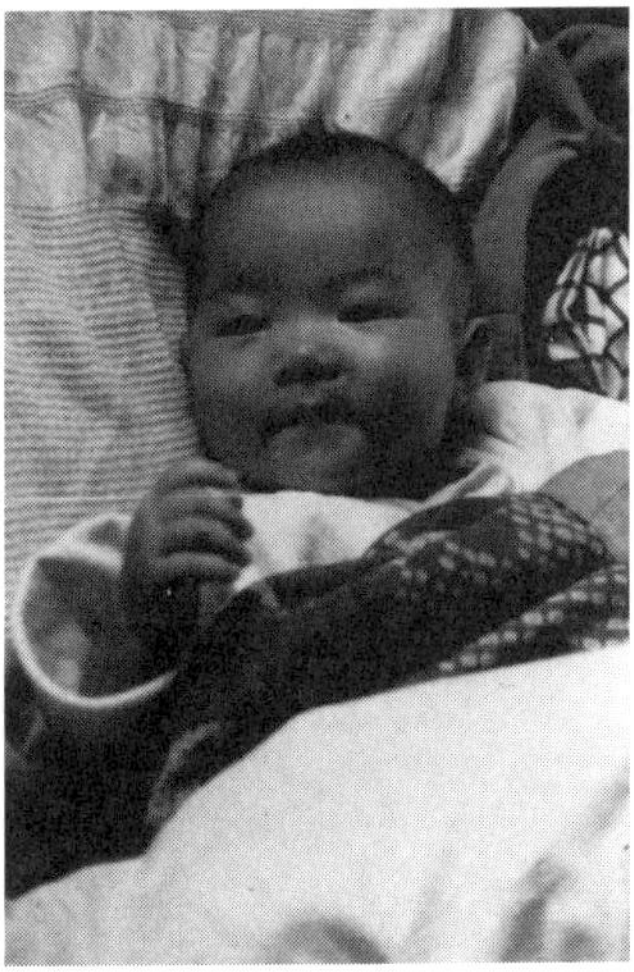

店商内山

24

2 幼き頃

私は幼き頃、自然の中で身体を動かし、遊ぶことが大好きな子供でした。

自由に野原を駆けめぐり、山、川、海、森や林、あらゆる生き物と一体となり多くの時間を過ごしました。

私にとっての友達は自然と生き物、そして出会った友達が全てでした。

もう一つ私は、人前で歌ったり踊ったりする事が大好きな子供でした。

合わせて、可愛い洋服や美しく綺麗なものにも興味がありました。

3　幼稚園

父は夕張で魚屋さんをしていましたが、炭坑閉山の影響を受け、一家は北海道苫小牧市へと引っ越しをしました。

古い一軒家で、時々家の中にネズミが現われました。ネズミは逃げ足早く、母はいつもホウキを持って追いかけていました（笑）。

一家は、ゼロからの生活が始まりました。

この場所で、私は幼稚園に通いました。

苫小牧は港と工場のある場所です。私は工場から出る煙が原因で喘息になりました。日中、身体を動かし、あたたまってくると咳が出ます。夜、布団に入り身体があたたまると、また咳が出ます。一度咳が始まると止まりません。毎日つらく、苦しい日々を過ごしました。

幼稚園はほとんど、お休みしました。唯一、記憶に残っているのは、おゆうぎ会と運動会と、おやつの時間です。

日本の行事の一つ、七夕。一年に一度だけ会うことを許された織姫さまと彦星さま、短冊に思いを書いて星に願う日。

おゆうぎ会は、キラキラ星を歌い踊りました。織姫さまの可愛い衣裳は忘れません。

母と一緒に手をつないで踊った運動会、母の笑顔、忘れません。

おやつの時間になると、先生から肝油を一人一粒もらいます。口の中で、ゆっくり溶けていく肝油の甘さは、今でも忘れません。


苫小牧に感謝致します。　ありがとうございました。

幼稚園に感謝致します。　ありがとうございました。

※北海道苫小牧市は、札幌市、旭川市、函館市、釧路市に次ぐ道内五番目の都市です。国の鳥獣保護区やラムサール条約登録湿地にも指定されています。市のシンボル白鳥、弁天沼、多くの鳥類の繁殖中継地ウトナイ湖（白鳥が飛来）が

あるなど、希少な自然が残されています。

4　小学校

小学校は、三校お世話になりました。

一校目は、札幌市立手稲東小学校です。私はこの学校に、一年間お世話になりました。古い校舎の学校で、雨が降ると、天井からポタッポタッと雨が落ちてきます。私達は、掃除箱の中から、アルミのバケツを持ってきて教室の四隅に置きます。すると、カン・コン・キン・トーンと雨音の合唱が始まります。その音は教室中に広がっていきました。今でも忘れることのない音と空間の教室です。

思い出の一つに、家庭訪問があります。当時、小学校一年生の担任の先生のバイクに乗り、学校から自宅までの道のりを送ってくれました。バイクに乗ることが初めてだった私、先生の背中にしっかりとつかまって風をきって走ったあの日の事は忘れません。家庭訪問を終えた先生は、ヘルメットをかぶり優しい笑顔で帰っていきました。

思い出の二つ目に、近所で自宅開放していた茶道の先生がいました。誰でも気軽に入れる空間と場所を作ってくれました。作法を教えてもらい、最後にお抹茶と和菓子をいただきます。日本文化の素晴らしさを感じた時間と空間でした。

二校目は、札幌市立月寒小学校です。この学校に私は、二年間お世話になりました。

当時、学校まで片道一時間の道のりを歩いて通っていました。その道のりは、私にとって沢山の気づきがありました。歩くことで五感が刺激されました。

小学校生活は、宝の記憶がよみがえってきます。友達の家で盤ゲームをして楽しんだこと…個人個人で盤ゲームを持ち寄り、一部屋に全ての盤ゲームを置き、自由に遊ぶのです。遊びの世界が広がります。

雪降る日に楽しんだこと…雪合戦や雪中サッカーです。ボールに雪がついて、どんどんボールが大きくなっていきました。そのボールを蹴るのが、また楽しいのです。

自宅で歌ったり踊ったり、宝探しをしたり、大根ぬきをしたり、屋根の上で遊んだり、かくれんぼや鬼ごっこ、自宅庭ではスケートリンクを作り、長靴すべりをしたり、バケツに雪を入れて大きなキャンドルも作りました。

ある日、学校から自宅へ帰り、自分の部屋に入ってビックリ、ベッドの上に野ら猫が身体を丸くして座っていました。どうやら玄関から入り階段を登り私の部屋に入ったようです（笑）。

三校目は、札幌市立南月寒小学校です。この学校に私は、三年間お世話になりました。

楽しかった記憶は、たくさんあります。音楽の時間（合唱やリコーダー）、体育の時間（マラソン、サッカー、バスケット）、家庭科や書道の時間、クラブ（テニス）の時間、工作や道徳の授業、運動会や球技大会、プール学習や遠足、学芸会やお楽しみ会、宿泊学習のキャンプファイヤーときもだめし、夏休みを利用した自宅学習会です。担任の先生が考えたおもしろい勉強会でした。夏休み中自宅開放できる家に、子供達が自らの意志で集まり、先生と一緒に算数の九九を学びます。黒板の代わりに模造紙を壁に貼って書いていきます。自宅開放の家が何軒もあったので、色々な家で勉強が出来る楽しさがありました。勉強が終わると、その家のお母さんがおやつを出してくれました。みんなで食べたおやつは、とても美味しかったです。

また、友人に教えてもらい弾けるようになった「気球に乗ってどこまでも♪」、教室で飼っていた生き物をみんなで飼育して泣き笑いした日のこと、一年生から六年生までの縦割りの見知らぬ六人が一つのグループになって、グラウンドでカレーを作って食べた日のこと、六年生最後の洞爺湖への修学旅行、卒業式には海援隊の「贈る言葉」の曲と共に、たくさんの思い出達にサヨナラをしました。

札幌市立手稲東小学校に感謝致します。　ありがとうございました。
札幌市立月寒小学校に感謝致します。　ありがとうございました。
札幌市立南月寒小学校に感謝致します。　ありがとうございました。

※我が家は食事の時、会話を楽しむ家でした。少なくても一時間は話をしました。

※町内には、子供ソフトボールチームがあり、公園を利用して毎日練習しました。私はピッチャーの役割とチームをまとめる役目でした。ソフトボールの感触、バットの重さ、公園での練習風景、みんなで戦った試合、汚れたジャージが懐かしく思い出されます。

※小学校の頃、書道を習っていました。往復バスで通っていました。当時は片道六〇円の子ども料金でした。書道を終えて、帰りのバスに乗ろうとした時、おやきのお店を見つけました。一つおやきが六〇円、片道バス代として使うか、それともおやき一個を買って歩いて帰るか迷った末、私はおやきを選びました(笑)。小さなおやき屋さん、まだあるのかなぁ。

5　中学校

中学校は札幌市立羊丘中学校に、三年間お世話になりました。今でも忘れ得ぬ記憶が三つあります。

一つ目は、美術の先生との出会いです。ある美術の時間の事でした。先生が「各自、自由に絵を書いていい」と言いました。その時、私は手の上に青く丸い地球をのせている絵を書きました。いつも五段階評価の3だった成績が、この時はじめて4の成績をもらいました。先生のアドバイスのお陰で完成した絵は、私にとって一生忘れない嬉しい嬉しい作品となって思い出に残っています。地球を救いたいと思った絵でした。

二つ目は、中学三年の時、進路相談の為、先生と母親、私の三人で話し合った三者懇の記憶です。担任の先生は、私に私立高校一本で受験するよう勧めてきましたが、私はどうしても男女共学の高校に行きたかったのです。当時、同級生の友達が励ましてくれた事もあり、一生懸命勉強しました。その甲斐あって、男女共学の高校に合格することが出来ました。自分の受験番号が学校に大きく掲示されていました。見つけた私の番号、飛び上がる程、嬉しかったです。

三つ目は、三年間思い続けた恋の記憶です。彼は、あこがれの野球部員、勉強もスポーツも出来、同性、異性から好かれていました。彼が友人達に見せるさわやかな笑顔、おおらかな人柄が私を夢中にさせました。中学三年生の終わり、私は思いきって彼に告白しました。結果、片思いの三年間でしたが、後悔はありませんでした。人を夢中で好きになる経験をさせてもらいました。

その後、同窓会で再会した彼は、日本をリードする会社の社長さんになっていました。長男をお腹に宿していた私に優しく声をかけて身体を気遣ってくれた思いは、忘れ得ぬ記憶です。

札幌市立羊丘中学校に感謝致します。　ありがとうございました。

6　高校時代と祖母（母方）

高校は北海道南陵高等学校に、三年間お世話になりました。忘れ得ぬ記憶はたくさんありますが、一番は部活動でした。あこがれのK部長さん、大好きなテニス、良き仲間がいる軟式庭球部に入りました。ボール拾いにコート整備、素振りの練習や基礎練習、ランニングや室内練習、声出しや応援コール、審判や試合、全てが楽しい時間でした。

高校二年の時、同級生のGさんが推薦してくれたお陰で部長経験をさせてもらいました。部員みんなで協力する事の大切さ、日々練習を積み重ねていく大切さ、目標に向かって進む強さを学びました。高校三年最後の試合の朝、私達は北海道神宮へ行きました。神様にお願いをして札幌円山テニスコートでの試合に臨みました。三回戦まで駒を進めることが出来ました。試合終了後、ラケットカバーに部員みんなからメッセージを書いてもらい暑い夏が終わりました。

二番目は、私の事を思ってくれた同級生がいました。私の肖像画を描いて私にプレゼントしてくれました。以来一度も話すこともないまま卒業しました。今でも絵の中にいる自分を思い出します。その後、同窓会で再会した彼は、生徒の気持ちに寄り添いながら生徒の良い面を伸ばしてあげる厳しくも温かい中学校の美術の先生になっていました。

その他にも、書道の先生との出会いと授業、家庭科、音楽、体育、遠足や学校祭、裏山でのスキー学習、京都・奈良への修学旅行、友人とのお泊まり会、はじめてのお酒とタバコ、楽しかったディスコ、恋愛も経験した高校時代でした。

高校三年生の時、私の祖母が子宮ガンと診断されました。末期状態でした。私は深く悲しみました。最後のお見舞いに行った日、大好きな祖母が私に言いました。

「栗山（ふるさと）へ帰りたい」と…

祖母が好きだった歌「雪の降る街を♪」。郷土に生き、郷土を思い帰りたいと言ったふるさとへの思い。私の心の中に祖母はいつまでもいつまでも生き続けています。

祖母の死をきっかけに、私は医療関係に進路を決めていきました。
北海道立南陵高等学校に感謝致します。　ありがとうございました。
おばあちゃんに感謝致します。　ありがとうございました。

7　札幌ビズネスアカデミー専門学校時代

この学校で私は医療事務科を選択して二年間通いました。医療の勉強が中心ですが他に華道、珠算、簿記、ワープロの授業もありました。

昼休みになると、学食のカウンター内でニッコリ笑ってくれたおばさんの顔が浮かびます。友達と食べる学食やお弁当は美味しく、また楽しい時間でした。

体育大会の思い出や、当時結婚を考えた人との出会いと別れ、そして蕎麦屋さん、お寿司屋さん、ステーキ屋さん、ファミリーレストランや喫茶店と、色々なアルバイトを経験させてもらいました。

札幌ビズネスアカデミー専門学校に感謝致します。　ありがとうございました。

8 職場

これまで病院、地図作成、不動産、ホテル、車のディーラー、保育園、生命保険会社、農園、ゴルフ場と、多くの職場で働いてきました。

多くの職場と出会った皆様に感謝致します。　ありがとうございました。

9　結婚・出産・子育て・ボランティア

私は二十二歳で結婚し、その後、三人（一男二女）の子供を授かりました。女の子二人は二卵性の双子として産まれました。四人目の子は、胎内で亡くなりました。

ある日、息子と幼児教室に行った日の事です。息子がみんなと一緒に音楽のリズム運動をしませんでした。その時、先生はこう言いました。「みんなと一緒じゃなくてもいいんですよ。息子さんは目で見て音楽を感じていますから」と温かい言葉をかけてくれました。その言葉と思いはいつまでも私の心に残っています。

私は三人の子供達が二十歳になるまで、専業主婦をしながら学校や地域のボランティアをしてきました。子供達がお世話になった幼稚園や学校、地域施設など、十五年間やらせてもらいました。現在も、近隣の小学校で犬のラッキーと声かけ運動をしています。校内やグラウンドの公園清掃、バザーのお手伝い、あいさつ運動、学校花壇の手入れ、本の読み聞かせ、犬のラッキーと朝のあいさつ運動とワンワンパトロール、講演会のお手伝い、研修や広報、入学式・卒業式の出席や勉強会などです。全ての活動が楽しい毎日でした。役職も全て人が運んできてくれました。クラスのお手伝いから始まり、代表、監査、会計、副会長、会長、学校評議員、学校評価委員、民生児童委員・主任児童委員という立場でたくさんの人に出会い、言葉を交わし、経験を積み重ねてきました。

子供達三人が小学生の頃、我が家によく友達を連れてきました。遊びに来る子が、あまりにも多いので一年間だけ、カウントしてみました。年間三百人以上、一番多い時で一日四十五人遊びに来てくれました。四十五人の子供達がやって来ると家中に子供達の笑い声が自宅庭にも外にも広がっていきました。

冬にもかかわらず室温が上昇し途中暖房を止め窓を開けました。自宅庭に高い雪山が出来、そこで撮った四十五人の写真は一生忘れ得ぬ宝の思い出です。

合わせて、ママ友の仲も深まり、自宅を開放して、お茶やコーヒー、紅茶、昼食や夕食、鍋やたこ焼き、ワインパーティ、先生を招いての勉強会をしました。

親子共に楽しく有意義な時間を過ごしました。
夫・子供達に感謝致します。　ありがとうございました。
多くの場所で出会った皆様に感謝致します。　ありがとうございました。

10　生死を分けた事故と祖父（母方）

双子の娘達が六年生の時、私は車の走行中もらい事故にあい、頸椎捻挫と診断され、しばらくの間、自宅療養そして通院生活を送りました。

事故当日、娘達が所属しているミニバス少年団の全道大会が近々函館であり、その準備に必要な物を買いそろえる為、買い物後、自宅へ帰宅する道路で事故は起こりました。

道路は見通しのよい直線道路、六〇キロで走行中、突然反対車線から車が…その瞬間ブレーキをかけましたが、車同士衝突し、私の車は左側の歩道に乗り上げ、電柱手前で止まりました。エアバッグが作動し私は車中で放心状態となりました。斜め後部座席にいた娘に「お母さん大丈夫？」と言われました。

その後、相手の方が私に近寄ってきて「大丈夫ですか？」と声をかけてくれました。相手の方のお陰で救急車への手配や警察への事情聴取がスムーズに行われました。私は娘と一緒に救急車に乗り、病院へと搬送されました。受け入れてくれる病院先を探してもらい一命を取り留めました。娘も奇跡的に助かりました。

後にわかった事ですが、警察の方曰く、事故後、事情聴取に協力してくれた人々が、わざわざ車をとめて何人も証言してくれたそうです。私はこの事実を知った時、ポロポロと涙が流れ、感謝の気持ちでいっぱいになりました。

その後、しばらく私は自宅療養そして通院生活に入りました。娘は奇跡的に助かり、その後のバスケットの練習にも支障なく行く事が出来、全道大会に向けた練習の日々を送りました。私が動けなくなったことで娘達の車の送迎や函館の遠征など、多くの人に手伝ってもらいました。顧問の先生や保護者の方々のお陰もあり、娘達は函館での楽しい思い出を沢山作り、元気な顔で帰って来ました。その間延べ五十人の方にお世話になりました。

生涯、私には忘れ得ぬ記憶があります。それは事故後、身体を思うように動かす事が出来なかったある夜の事でした。今は亡き祖父が夢に出てきたのです。何かを語るわけではなく、穏やかな優しい眼差しで私を見ています。この時、私は祖父に見守られているんだなぁと思いました。

今は亡き祖父は、几帳面で物を大切にする人でした。戦争を体験している人は皆、物のない時代を生きてきました。ごはん一粒、紙一枚無駄にする事なく生活の全てにその行いが現れていました。祖父の好きな空間に物置小屋がありました。大切にしている工具が沢山並んでいます。どれも大切に扱われ綺麗に整理整頓されていました。厳しい表情の中にある優しい眼差しの祖父、私は一生忘れることはないでしょう。

生死を分けた車の事故の時に助けてくれた多くの皆様に感謝致します。

ありがとうございました。

おじいちゃんに感謝致します。　ありがとうございました。

11　父

私が二十五歳の時、父は悪性リンパ腫と診断されました。発見した時には末期状態でした。幼き頃から働いて働いて家族を支え、一代で不動産会社を立ち上げた父。

祖父、祖母、家族、会社の社員さんを連れての沖縄旅行や祖父、祖母、家族連れてのハワイ旅行。トヨタクラウン（白）の車が大好きな父は、家族皆を連れて日本を縦断するのでした。明日、どこに泊まるかもわからない自由な旅へと…まだ見ぬ世界へと…白のクラウン車、ゴルフ、旅、家族、両親、社員さんを愛した父。生前父は私に『どんな時もオマエは大丈夫』と言ってくれました。私は父の言葉に支えられ今を生きています。

父が大好きだった言葉を紹介します。

「人は人たる道を歩まざるとも我は人たる道を歩むべし」

父の夢はセカンドカーとしてキャンピングカーを買って、家族で自由な旅に出かける事でした。最期、家族皆に見守られ息を引き取った父の目から涙がゆっくりゆっくり流れていきました。

享年五十一歳で他界した父へ「お父さん、私も今年五十一歳になりましたよ」。

お父さんに感謝致します。　ありがとうございました。

12　祖父と祖母（父方）

祖父は夕張で父と一緒に山内商店という魚屋を営んでいました。戦時中、一家を支え子供達に食べ物を与える為、かつては色々な職業に就いて働いていた祖父でした。

私にとって祖父は、いつも笑顔で心穏やかな人でした。体格もしっかりしていて、外出時は必ず背広姿、何でも食べて、怒らない人でした。長寿を全うした生き方から私は多くを学ばせてもらいました。

祖母は、毎日身なりを整えて、お化粧を欠かさずしていつも女性を忘れない人でした。和裁が上手で自分の着物をはんてんにして私にくれました。仕事面では、店員さんへの気遣い、心配りも良かったと聴いています。

祖父が大好きだった祖母。祖父が寝たきりになってからは毎日、病院へ足を運んでいました。祖父が亡くなった後、長寿を全うして静かに眠りにつきました。

おじいちゃんに感謝致します。ありがとうございました。
おばあちゃんに感謝致します。ありがとうございました。

13 母

母は二〇一〇年七月二十日、暑い夏の日の朝、享年六十六歳、大腸ガンで天国へと旅立っていきました。一家の大黒柱である父を支え、子供の世話、家庭内の全てをやっていた亡き母の生涯は、私のお手本となって今に生きています。

ひまわりのような母の姿にあこがれ、思いを馳せる自分がいました。明るく優しく、慈悲の心をもった母が生前、私に言った言葉がとても気になります。亡くなる二年前に「もうそろそろ、あなた自身の人生を考えていったらいいんじゃない」と言われました。合わせて次の事も言いました。
①地震に気をつけなさい（後の三・一一です）
②貧富の差が激しくなり格差社会になる
③かつてない犯罪、事件が起きてくる
④農家さんと仲良くしていきなさい。ごはんさえ食べていれば生きていられるから
⑤昔に戻りなさい
八年経った今、母の言った言葉が現実味を帯びてきました。母は時代の先を見通す先見性のある女性でした。
①～⑤を読者の皆さんはどう思いますか。想像してみて下さい。
私は何を意味しているのかを、八年間世界、日本を旅して、多くの人に出会い、自分なりに想像してみたのです。

日本は地震大国です。あらゆる文献にも書き残されているように、これまで多くの地震が繰り返されてきました。記憶に新しい阪神淡路大震災、そして東日本大震災です。たび重なる地震は天から試されているのだと思うのです。

世界を救えるのは「日《ひ》の本《もと》」日本ではないでしょうか。そして、今を生きる日本人だと強く思うのです。

今こそ日本人一人一人が昔に戻り、考えていく必要があると思います。するとおのずと答えは出てきます。

地球環境、自然環境、生命体、人間、動植物、核や原発、戦争やテロ、教育や貧困など、ありとあらゆる課題が私達の身の回りにあるのです。その事に気づき、行動をおこしていくのです。

母の言葉と私が体験した八年間が重なり合って今、私はそう思うのです。

母が言い残した最期の言葉「昔に戻りなさい」。もう一度考えてみませんか。

父が亡くなった後、子供達を嫁がせ、孫達を可愛がってくれた母。母が私にかけてくれた大切なたった一つの言葉「人に会ったらあいさつをしなさい」。いつでも亡き母が天国からそっと見守っていてくれているような気がします。

お母さんに感謝致します。　ありがとうございました。

社会人としての章

私の人生に大きな影響を与えてくれた人たち・出会い

14　四十歳過ぎてからの学び舎

私はかねてより大学へ行き勉強したいと、あこがれを抱いていました。

四十歳をすぎた私は、もっと学びたい、知りたいという強い思いから学ばせてもらった学び舎は、北海道東海大学の一教室を借りて行われました。人と人とが出会い、お互いに関心を持ち夢や希望を分かち合う学び舎でした。どの授業も楽しく、ワクワクドキドキの連続でした。その中でも特に印象に残っている授業は夢の授業でした。

自分の夢を三つ書いて、その事をみんなの前で発表する。発表する事で自分の脳にインプットされみんなの前で公言する。そして実行に移す。ちなみにその時、私が書いた三つの夢は全て叶いました。その後、二〇一一年三月十三日、学び舎の仲間と一緒に酪農学園大学へ行きました。そこで東海大学川崎一彦教授（当時・現在名誉教授）司会のもとノーベル賞受賞鈴木章氏と林かづき氏（当時・江別市議）の対談トークを聴いた後、場所を移動して学食へ行き、約五十人位の人達と立食形式で食事をしました。私はこの場所ではじめて鈴木章氏とお話しする事が出来ました。私は鈴木章氏に一つだけ質問しました。「これからの日本に必要な事は何ですか?」と…すると鈴木章氏は「日本は資源がないので、人材育成です。」と話してくれました。のちにこの言葉は、生涯にわたり私の頭の中に強く残る言葉となるのです。

四国五日間の旅（二〇一一年一月二十四日〜二十八日）「徳島大学の授業・地域ボランティアと語ろう」に参加したお話です。旅一日目、一行は新千歳空港を出発し徳島県へ向かいました。そして「彩の里《いろどり》」ごみゼロ（ゼロ・ウェイスト）宣言の町、上勝町へ行きました。

「彩の里」では、モミジやササの葉など料亭や旅館の料理を飾る季節の草木「つまもの」。上勝町はこれを栽培し出荷する全国でも珍しい地域です。町の人達は、この農業に「彩」の漢字をあてて「いろどり」と呼びます。四国で最も人口が少なく（当時二〇〇〇人・現在一五七二人）、高齢化が進む町に年間当時約四〇〇〇人・現在約二〇〇〇人もの視察者が来町します。おじいちゃん、おばあちゃんが笑顔になる葉っぱビジネス、このビジネスは子や孫へとつながる魅力ある仕事なのです。「いろどり」農家のおばあちゃんが語った言葉を紹介します。「年を取っても家族の役に立ちたいの」「世界中探したって、こんな楽しい仕事ないですよ」。いくつになっても楽しいと思える仕事があるのは素敵なことです。

もう一つ、ごみゼロ（ゼロ・ウェイスト）宣言があります。未来の子供達にきれいな空気やおいしい水、豊かな大地を継承するため二〇二〇年までに上勝町のごみをゼロ（ゼロ・ウェイスト）にするのです。

「ゼロ・ウェイスト」とは「無駄、浪費、ごみをなくす」という意味です。物の無駄遣いをせず、リサイクル、リユースを進め、また生産段階から処理に困らない製品をつくることで焼却・埋め立て処理される有害なごみをなくしていこうという理念です。現在、上勝町では、一般廃棄物の約八〇パーセントを資源化しています。また、平成十五年より二十一世紀を地球環境の時代ととらえ、町の森林農地の適正な管理により「持続可能な地域社会づくり」を目指しているのです。

ここで私が紹介しますす工房は、上勝町介護予防活動センター内にある「くるくる工房」です。地域の方が、不要になった布類をリメイクしたり、新たに小物を作りかえる活動を行っている場所です。世界に二つとないオリジナル商品がここにはあります。ホッコリあたたかい空間です。

旅二日目は、阿波十郎兵衛屋敷、阿波木偶人形会館、徳島中央公園、阿波おどり会館、徳島大学へ行きました。阿波の伝統芸能にふれ、人形師の彫る心を知りました。人形師は彫りにかかる前に鎮座合掌して精神力の集中をはかります。仕事を始めると人形に呼びかける心にならねば魂のこもった人形頭にはならないとの事でした。そしてこれが本当の彫りの姿となるようです。

少しの妥協も許さない仕事だけに、納得のいく作品が生まれるまでは悩み苦しんだあげく、ようやく技《わざ》の壁が破れる過程の繰り返しだそうです。ノミ一刀の使い方でカシラの表情は変わってしまうそうです。「命を彫る」という言葉がふさわしいようです。

一行はその後、徳島大学へ向かいました。徳島大学の大橋眞先生の計らいで、誰でも受講できる公開授業に参加させてもらいました。

「人がつながる、地域がつながる、世界がつながる」と題して、「地域社会人を活用した教養教育」から何が生まれたのかを徳島大学で学ばせてもらいました。平成二十年度より、地域社会人を活用した教養教育は、地域社会に知の循環型社会の構築を目指して開講されました。もともと伝統的な日本の地域社会においては持続可能な形の生活が営まれており、そこには様々な形の生活の知恵がありました。その知恵は同じ社会を営む後継者の育成ということが含まれていて、世代を超えた知の循環型社会が形成されていました。

ここで、ある学生の声を紹介します。

大学で学ぶべきものは新しい考え方であると思います。専門的な知識だけではなく様々な人に触れ、様々な概念、物の見方、考え方を知り、様々なことに挑戦し、失敗しながら試行錯誤によって目的を達成することで自分の視野を広げることが大学生活にとって重要なことであり、学ぶべきことではないでしょうか。自分の視野を広げるために自分がいかに無知であるかを知り、どんなことでも積極的に好奇心を持って動くことが大切だと思いました。

自分が動くことで人の輪が広がり、更なる知識、経験が得られると思います。

この好循環を作っていけば、よりよい充実した大学生活が送れると思います。大学は知識を得る場でもあり、人との繋がりを更に大きくしていく場でもあるのだと思います。

私もこの学生の考えと同じで、年齢、世代を超え、共に学び合いお互いに向上していくことの大切さと、大学という場で人と人とがつながっていく未来を想像します。

人とのつながり、学びの原点、世界に広がる学びのネットワークの冊子のおわり部分を紹介します。

地域社会人が活躍する大学教育として、地域社会人を活用した教養教育がさらに発展して世界とつながることにより、地域は大学と連携して世界の地域ネットワークをつくることができる。

そこには、次世代を担う若い世代が、地域社会という単位での世界のネットワークを利用して様々な文化を学ぶ場となり、地域社会も世界の文化と触れ合いながら、地域の伝統文化を守ることの意義を見出す。このような知の循環は、一つの地域の中にとどまるのではなく世界との連携と世代を超えた連携という三次元的なネットワークでつながっていく。このような連携により地域活性化をもたらす地域社会の大学のあり方のモデルとして、今後の展開が続いていくことが望まれる。

時代の変革期と言われる今の時代にこそ、価値観の見直しや大学の役割についての新たな創造的改革が必要となってきている。それには、社会から隔絶した大学ではなく、地域を通じて世界各地や世代を超えたネットワークとしてつながっていくことが必須であろう。

この取組みをきっかけとして大学が地域の中で知の拠点としての役割を果たすとともに、次世代の知を育む場として発展していくことが必要である。今回の取組みが地域の大学の新しい試みとして、大学教育の活性化にも貢献していくことが期待される。

私は道端で会った人、飛行機、電車などの乗り物、座席の前後左右の人は特に縁のある人だと常日頃思っていて、いつでもどこでも声をかけ、バッグの中に持ち歩いている飴をよく人にあげていました。この日も大学内の私の座席後ろに座っていた男性に声をかけ、あいさつをして飴をあげたところ、私に自作本と自身の掲載された新聞記事を東條和夫氏はくれました。その中で私が印象に残っている言葉を紹介します。日本農業新聞に掲載された一節です。

畑仕事や山や街への行き帰りに、ふとした風景や音にも「日日旅人」を想い、平和や癒しを感じる。そんな日常の自由さの中に心の豊かさがあると考えるのは私だけであろうか。今日私たちが平和で自由な生活ができるのも、先の戦争で尊い命の犠牲があってのことだ。

個人の幸せとか豊かさは、大きな意味での国家の安定があってのものだ。だが突然、平和が壊され、自由な言動が束縛されれば、私は自由のために…。

旅三日目は、貸切バスに乗って、うずしお観潮船、大塚国際美術館（世界に類のない陶板画美術館）と続き、最後、桂浜の坂本龍馬像、高知県立坂本龍馬記念館へ行きました。広大な太平洋の海に囲まれた色鮮やかな赤とブルーの記念館。屋上に登った私は不思議とこの場所で大きな夢を抱きました。「自分と同じ志を持った人と日本から世界へ、世界から日本を一緒に見て回りたい」と…。その思いを一枚の紙に託し、記念館に置いてある投書箱に入れました。後に「あなたの想いと私たちの想いは同じです」と伝えられ、家族の理解のもと、二〇一一年十月九日〜十七日の日程で、龍馬とアメリカで発信！　ハワイ&ニューヨーク、アメリカフォーラムツアーに同行する事になりました。

大学で学んだ仲間の皆様に感謝致します。　ありがとうございました。
川崎一彦先生に感謝致します。　ありがとうございました。
大橋眞先生に感謝致します。　ありがとうございました。
四国の旅で出会いました全ての皆様に感謝致します。
ありがとうございました。

15　北広島市立大曲東小学校（サマースクール活動）

学校と森正人先生（小学校の特別支援教育担当教諭）、保護者のお母さん、地域住民の人達との思いが一致し、二〇一一年、夏休みから始まったサマースクール活動を紹介します。

地域には、得意な事を楽しんでやっている人が沢山います。その方々をサマースクールの講師として小学校に招きます。また、学校の先生の得意な事、好きな事を子供達に伝え、みんなで同じ時間を過ごし共有します。森先生の考える活動の主旨は二つあります。一つは、同じ地域に住む人達で企画、運営し、参加者、ボランティアとして活動することで共に育ち合う場と考えています。二つ目は、子供達と地域の方々との交流を深め、子供達が将来の地域交流や社会貢献に取組む意識が育つことを願い、活動しています。森先生が熱意をもって発信して下さったサマースクール活動でした。

私は「心の書道」を通じて子供達と関わりました。活動内容は、一人一人の心の中に浮かんだ文字を練習してもらい、書道を楽しんでもらう（音楽…心をつなごう♪　聴きながら）。最後は、全員で大きな半紙に大筆で文字を書いていくという内容でした。

「心の書道」を通じて思った事は、想像をはるかに超える子供達の感性に驚きました。一人一人の心の中に浮かんだ文字は、どの言葉も感動する良き言葉です。子供達から「楽しかった」「また来年もやって欲しい」と嬉しい言葉をいただきました。書を通じて子供達との夏の思い出がまた一つ増えました。

その他、「英語で遊ぼう」「イラスト教室」「実験教室」「音楽とお話しの世界」「生け花・お茶体験」「お話し会」「カレンダーからエコバッグづくり」「ムーブメント遊び」他、マーチングバンドの演奏や新体操の演技やダンス等、地域でつながり、地域で子供達と関わり学び合うサマースクールでした。

最後に、サマースクール二〇一三年に書かれた森先生の感想文を紹介します。

「まずは、今年もたくさんの参加者を迎え、無事に活動できたことが何よりでした。かかわる皆さんの熱意ある協力、そして子を想う保護者の気持ち、さらに地域を想う住民としての希望が、それぞれの場面で伝わってくるサマースクールだと思います。年々活動が特色を現して、個人団体を問わず、地域の有益な人的資源がこのようにたくさんあることを目の当たりにすると、心から感動するサマースクールです。学校という枠を超え、地域という年齢も性別も問わない活動を実践することは、人が築いてきた『人の世』を実感できる、子どもたちにとって、とても貴重な体験だと思います。核家族化が取りざたされる時代ですが、大昔から『本家』と呼ばれる家以外は核家族で暮らしていました。昔と今で違うのは、『人のつながり』ですね。」

大曲東小学校サマースクール活動に感謝致します。ありがとうございました。
森正人先生に感謝致します。ありがとうございました。
この場所で出会いました全ての皆様に感謝致します。ありがとうございました。

16 インドネシア・バリ島・兄貴

私は、大曲東小学校で読み聞かせのボランティアをしていました。朝の読み聞かせという事で、授業が始まる前に選本された一冊を黒板の前に座って読みます。担任の先生と生徒さん一人一人の目を一身に受けて楽しみながら読んでいきます。絵本は奥が深く、想像力や発想力を育てるすばらしい物です。

その読み聞かせのお母さん達と、もっと一緒の時間を過ごしたいと思った私は、夕食会を考え、一席設けました。その時、一人のお母さんが一冊の本『出稼げば大富豪』を紹介してくれました。著者はクロイワショウさんです。

次の日、私は図書館へ行きました。本を借り、読み終えたあと更にインターネットで調べ、インドネシア・バリ島に住んでいる丸尾孝俊氏（みんなから兄貴と呼ばれ親しまれています）の存在を知りました。この本は表紙の色がとてもカラフルでインパクトのある本です。読みやすくわかりやすい内容になっています。

ＤＶＤ ＢＯＯＫ『バリ　神々の島　愛に恋い』は、ＤＶＤ付きでもっと短い言葉で、兄貴（丸尾孝俊氏）の伝えたい思いがある一冊になっています。私はどうしても兄貴（丸尾孝俊氏）に会いたいと思い、二〇一一年八月、インドネシア・バリ島へ行って来ました。

夜、空港に着いたとたん、空気も人も熱気に満ちているインドネシア・バリ島を肌で感じ、迎えの車に乗って兄貴（ここからは、兄貴と呼ばせてもらいます）が待っているプラザホテルに向かいました。バイクに乗っている若者が多く活気ある異国の土地に、私はドキドキ、ワクワクしながら会いに行きました。

日本全国から何十人もの人が兄貴に会いに来ていました。北は北海道から南は九州までの参加メンバーでした。笑顔の中に優しさと、瞳の奥にある厳しさと深さ、大きな声の言葉には自信に満ちた億万長者の素顔がありました。私がはじめて出会う兄貴の第一印象でした。

クロイワショウさんが書いている著書は沢山ありますが、ここでは私が兄貴に出会い、兄貴がバリ島で直接話してくれた事をまとめてみました。

兄貴はお互い様という言葉が好きです。親身、親切、親近感といったような

「親」が頭につく言葉をよく兄貴は口にします。

百聞は一見にしかず、兄貴はよく「愛に恋い」と言います。一回会うと友達、二回会ったら親友、三回会ったら家族やと…。その継続の先に絆があると…。夫婦も共有や一緒が必要だと言っています。家族でも親戚でも一番良い所を言い合うことが大切だと話しています。相談する、相談させるが大切です…と。しっかりとした文化と愛情をもち、情熱を継続する事が大切だとも言っています。また、正義と思った事をまず実践してやってみる、行動する。

合理化社会が進むと日本がバラバラになってしまう。生産性・合理性を高めると、企業を例にとると資本主義が進み、勝ち組ができ、休みなし、ゆとりなしになる。店も物も何でもありすぎる。このような日本の生活をバリ島の人は嫌がるようです。

アジアは唯一の仲人と兄貴は言っています。これからはアジア同士仲良くする事が大切だと…国境を越え、言葉の壁を超えて仲良くする事の大切さを伝えています。また、より人に近い商品が売れるようになり、職人を遠ざけてはいけない。人と人との距離は狭ければ狭い程良い。

本来、日本人は整理整頓、ゆがみを直していた。ゆがみを取り戻して、今日、明日にでも取り戻させると言っています。昭和時代の人情味あふれる日本にという強い想いがあります。アホやから親近感がある、裸のつき合いが必要、ケンカも必要、裁判はダメ。変わらない人であっても旅先で変わると…出ると人は変わると…。•→●大きくなって帰って来る。留学が大切、先頭に立って進め。

また兄貴は、次の事も話しました。頼まれやすい人になる。全部に全関係する。出る事、進む事。縁が無いって自分が決める事ではない。自分からシャットアウトしてはいけない。日本は本来、アジアとは同一民族であり内向きである。知らぬが仏大国、知だけで行くと中身のない教えを受けていく。

これからの時代は人だと言いきる兄貴の言葉には、インドネシア・バリ島にいながら、日本や日本人の事を強く想う愛が込められていました。太陽のように明るく熱く、真っ赤な情熱をもって、他人を人ごとと思わず自分ごとのように親身になって話を聴き、考え、相手を選ばず誰にでも接する兄貴は、日本とインドネシアの架け橋、虹のような人です。インドネシアで出会った人々は皆、さわやかな笑顔の持ち主でした。

読み聞かせのお母さんに感謝致します。ありがとうございました。
兄貴（丸尾孝俊氏）に感謝致します。ありがとうございました。
インドネシアバリ島で出会いました全ての皆様に感謝致します。
ありがとうございました。

17 龍馬とアメリカで発信！
ハワイ&ニューヨーク・アメリカフォーラム同行ツアー

二〇一一年十月九日〜十七日の日程でハワイ&ニューヨークへ行きました。ハワイで四日間、ニューヨークで四日間の旅でした。志を持つ仲間達との旅が始まりました。

郵便はがき

料金受取人払郵便

大阪北局
承認

1357

差出有効期間
2020年7月
16日まで
(切手不要)

553-8790

018

大阪市福島区海老江5-2-2-710

㈱風詠社

愛読者カード係 行

ふりがな お名前			明治 大正 昭和 平成 年生 歳
ふりがな ご住所	□□□-□□□□		性別 男・女
お電話 番号		ご職業	
E-mail			
書名			
お買上 書店	都道府県 市区郡	書店名	書店
		ご購入日	年 月 日

本書をお買い求めになった動機は？
1. 書店店頭で見て　2. インターネット書店で見て
3. 知人にすすめられて　4. ホームページを見て
5. 広告、記事（新聞、雑誌、ポスター等）を見て（新聞、雑誌名　　　）

風詠社の本をお買い求めいただき誠にありがとうございます。
この愛読者カードは小社出版の企画等に役立たせていただきます。

本書についてのご意見、ご感想をお聞かせください。 ①内容について
②カバー、タイトル、帯について
弊社、及び弊社刊行物に対するご意見、ご感想をお聞かせください。
最近読んでおもしろかった本やこれから読んでみたい本をお教えください。

ご購読雑誌（複数可）	ご購読新聞
	新聞

ご協力ありがとうございました。

※お客様の個人情報は、小社からの連絡のみに使用します。社外に提供することは一切ありません。

ハワイ一日目、モアナルア・ガーデン…CMでおなじみのモンキーポッドの公園や、高知城を模した百年の歴史をもつ「マキキ聖城キリスト教会」での交流(日曜ミサ・昼食)、その後、カネオへ重助の墓所、イオラニ宮殿、カメハメハ大王像など、ホノルル市内をまわりました。

ハワイ二日目、自由行動だったので、私はかねてから行きたかったマウイ島を観光しました。緑色の芝や木に囲まれた自然豊かな島でした。

ハワイ三日目、オバマ元大統領出身校「プナホウスクール」へ行きました。辺り一面、広く緑色の芝生のある敷地内に学校がありました。バスケットゴールが沢山あり、子供達は思いっきり身体を動かしていました。子供達は芝生の上で本を読んだり、木を背にくつろいでいたり、友達同士会話を楽しんだりしていました。

この日の昼食は、それぞれの生徒さんが各個人宅で作ってきてくれた手作りランチでした。メンバー一人一人に手渡されました。私がいただいた美味しいサンドイッチは、一生忘れ得ぬ味となりました。

その後、プナホウスクール内で、特別プログラム、龍馬、勝海舟、ジョン万次郎の子孫たちの紹介と日本とアメリカの高校生との交流がありました。

龍馬の英語版紙芝居の紹介と、音楽の演奏がありました。その後、ハワイコンベンションセンターに移動し、Why Ryoma Now?（なぜ今龍馬か?）「風になった龍馬」ハワイフォーラムが始まりました。

第一部は龍馬、海舟、万次郎の子孫たちと選抜高校生のシンポジウムと龍馬の英語版紙芝居の紹介でした。

第二部はミニコンサートと書道パフォーマンス、その他、帽子展が行われました。

ハワイ四日目、最終日。気持ちの良い朝、みんなで朝食を済ませました。その後、出発まで時間があったので一人運河へと歩いて行きました。運河沿いのベンチに座り、太陽の光と共に、通りゆく人々に「Good morning」とあいさつをしていると、ふと日本を思い出しました。北広島市立大曲東小学校・大曲中学校で、毎朝「おはようございます。」とあいさつをしている自分と我が家の犬ラッキーを…。

その瞬間、太陽の光の方向から不思議と詩が浮かんできました。その後、ニューヨークへ移動し、日本へ帰る飛行機の中で、今度は曲（メロディ）が浮かんできました。

帰国後、三年の月日を経て、多くの人に支えられて完成した曲のタイトルは、息子がつけてくれた「心をつなごう♪」に決まりました。「心をつなごう♪」に込めた思いとは、どんなにつらい時でも人は決して一人ではないという事、命ある全ての生き物と寄り添い重なりつながって生きているのだと…。そして目に見えない全てのもの、世界、地球、宇宙も、全てつながっているのだと…。

私のふるさと北海道で、かつて坂本龍馬が生きた幕末時代そして、私達が生きている現代を考えてみました。この先、日本がどういう道に進むのかが真に問われている時代を…。

まさに、幕末と現代が重なり合う今、私に出来る事は…と考えたのが、二〇一二年二月から始めた北海道龍馬発信でした。小学生から高齢者の方まで、多くの人に龍馬への思いや未来への思いを聴き続けました。そこに共通する思いや言葉を紹介します。

自由、平等、平和、夢、志、行動、勇気、憧れ、笑顔、思いやり、優しい、共生、未来、日本の夜明け等です。

私は学ぶ事の大切さ、人と人とがつながる事の大切さ、夢を持ち強い志を持って行動する大切さを、坂本龍馬そして多くの人々から教えてもらっているのだと、日々実感しています。

ニューヨーク滞在中、タイムズスクエア、グラウンド・ゼロ（旧世界貿易センタービル跡地）、国連本部ビル、自由の女神、セントラルパーク、五番街、ロックフェラーセンターを見学しました。その後、ニューヨークでもハワイ同様にフォーラムが行われました。

ニューヨークに滞在して最終日の朝のことでした。ホテル（インターコンチネンタル・ニューヨーク・バークレー）で食事をしている時、座っている私の肩をトントンとたたく人（ブライダルファッションデザイナー桂由美さん）がいました。桂由美さんに「後で私の部屋にいらっしゃい」と声をかけられました。その後、高知県在住の『恋文～おまんが好きぜよ』の著者中田文さんがすぐにカメラを貸してくれました。

突然の事に私は驚きましたが、今回の旅で同室の宮尻千恵子さん（坂本龍馬財団理事（二〇一二年〜二〇一五年）」と一緒に、桂由美さんの部屋へ行きました。桂由美さんは忙しい仕事の合間を縫って時間を割いて下さり、純白のウェディングを着た二人の黒人モデルの女性と桂由美さん、宮尻千恵子さん、私の五人で、一緒に写真を撮らせてもらいました。そこには、気さくな人柄で仕事熱心、凛とした桂由美さんの姿がありました。ホテル一階フロアーには、桂由美さんの素敵なブライダルウェディングが並んでいました。

今回の旅を通じて、坂本龍馬をはじめ、勝海舟、ジョン万次郎をハワイ&ニューヨークにて発信した事は、とても意味あるものになりました。森健志郎氏が旅の最終日に「ここからが始まりぜよ」と言った言葉が印象的でした。その後、旅仲間メンバー他で作った坂本龍馬財団（二〇一二〜二〇一五年）へとつながっていくのでした。

坂本龍馬、勝海舟、ジョン万次郎に感謝致します。ありがとうございました。ハワイ&ニューヨーク・アメリカフォーラムで出会いました全ての皆様に感謝致します。　ありがとうございました。

18 坂本龍馬財団（二〇一二～二〇一五年）

龍馬とアメリカで発信！　ハワイ&ニューヨーク、アメリカフォーラム同行ツアー中、私は森健志郎氏（前・高知県立坂本龍馬記念館館長）に一つ質問をしました。

「森健志郎さんにとって、自分の人生に大きな影響を受けた人は誰ですか？」と。すると、二人の名前が出てきました。一人目は李登輝氏（前・台湾総統）、二人目は孫正義氏（ソフトバンクグループ社長）でした。森健志郎氏の言葉がきっかけで、私は二人の人物に興味をもち、本を読んだり調べたりしました。日本李登輝友の会で知り合った呉正男氏（前・「横浜華銀」理事長）から台湾及び李登輝氏の資料を送っていただき更に調べていきました。その後、森健志郎氏よりソフトバンクの青野史寛氏（常務執行役員・人事総務統括）を紹介してもらいました。後に私は台湾で李登輝氏、高知県で孫正義氏とお会いする機会に恵まれました。

二〇一二年三月二十日、志を同じくする仲間と共に、森健志郎氏が代表となり坂本龍馬財団が発足しました。財団の目的は、龍馬のような人材育成が世界的に求められているという観点から、龍馬スピリッツ発信基地をニューヨークに設立しようというものでした。一人の力では動かぬことも大勢が手を結べば可能になります。

思わなければ始まらないし、「行動」しなければコトは動きません。龍馬の志を世界に広げ「自由・平等・平和」な社会づくりに寄与する人材を輩出する財団を設立したいという思いが一致しました。

自由…他からの束縛を受けず、自分の思うままにふるまえること。

平和…戦いや争いがなく穏やかな状態。

平等…差別なく皆一様に等しいこと。

二〇一二年は、龍馬脱藩百五十年の節目の年です。

二〇一七年は、龍馬暗殺から百五十年目の年です。

二〇一八年は、明治維新から百五十年目の年です。

財団発足後、会員同士をつなぐ「龍馬ハ生キテイル」の会報誌発行、続いて、二〇一二年十一月十五日、『目を覚ませ日本！　二十一世紀の龍馬よ！　台湾・李登輝元総統の提言』の書籍が発行されました。

この本は、第一部　李登輝先生講演録、第二部「坂本龍馬財団」李登輝元総統快気祝い台湾表敬訪問記と構成されています。第一部は李登輝元総統が書かれ、第二部は龍馬や李登輝氏とつながった三十三人の思いが綴られています。あとがきは、森健志郎氏から頼まれ私が書くことになりました。その文章を紹介します。

★あとがきに代えて

高知はまっことええ所ぜよ！
桂浜から眺める美しい景色。
果てしなく続く青い空と海。
太陽の光と自然の恵み。
大きな志を持ち、夢を抱ける場所。
かつて坂本龍馬は、はるかかなた太平洋の海を見、世界を見ていました。
土佐藩における下級武士でありながら、大きく日本を動かす人物へと昇っていく姿は、天空を舞う天龍のごとし。

私利私欲を捨て、私心なく公に尽くす心。

高い志を持ち行動する強い心。

命を賭けて日本を回り、歩き続けた龍馬。

一五〇年の時を経て、今、この時を考えてみる。

なぜ今、龍馬なのか？

龍馬は、勝海舟との出会いから豊かな人脈をつないで、人づくりを学び、ジョン万次郎を知る人から貴重な知識や技術、体験など日米の友好をはじめとする国際交流の礎を築きました。

出会いとは、おもしろきこと…

二〇一二年七月、森健志郎氏とつながりのある李登輝氏（前・台湾総統）とのご縁をいただきました。

李登輝氏は、十二年間、台湾総統として、民主主義社会をつくり上げ、親日国家を築かれました。

坂本龍馬をこよなく愛し、尊敬しています。

船中八策に託した思い、全ての人が平等に暮らせる社会、日本の変革に期待を寄せ、新しい龍馬をつくり直し、発見し教育する。龍馬と同じ死をも覚悟で、国のため使命感を持って生きてこられた李登輝氏。

二十一世紀は人類に何を与えたか、二十一世紀に何が起こったのか、明日を創造し、未来を作るのはいったい誰でしょうか。それは私達一人一人の心の中にあるのかもしれません。

この度の執筆にあたり、森健志郎様はじめ李登輝様、資料提供及び助言をいただきました全国の皆様方に心から感謝申し上げます。どうもありがとうございました。

平成二十四年九月十七日

広大な太平洋の海に囲まれた色鮮やかな赤とブルーの記念館。

記念館の屋上からは太平洋の海を一望する事が出来、大きな夢を抱ける場所です。また、桂浜をゆっくり歩いていくと波の音が心地良く感じられます。

龍馬像の前に立つと、一五〇年前の龍馬さんの志を感じます。見果てぬ夢に思いを馳せ、歩き続けた坂本龍馬。時代の変革期、己を信じ、仲間を信じ、日本のために行動した坂本龍馬。

私がはじめて高知県立坂本龍馬記念館を訪れた二〇一一年二月から現在に至るまで龍馬さんとつながる運命になるとは…不思議な出会いです。郷士坂本家九代目当主・坂本登氏の思いを一枚の色紙に書いてもらいました。【君がため捨てる命は惜しまねど心にかかる国の行末…龍馬】。時代が移りゆく中で、変わるもの、変わらないもの…。現在私は五十一歳…自分に問うてみる。日本で生まれ育ち今を生きている私。なぜ私は日本人として生まれ育ったのか。自分の使命は何なのかを探していた私。生命の時を経て今、思う事。日《ひ》の本《もと》日本を心から愛し、国境を超えて人々がつながり、和になる事こそが全てにおいて大切な事だと思っています。世界の中心柱は日本であり、一人一人の日本人であり、私達の身体の中にある心ではないでしょうか。

高知県立坂本龍馬記念館の皆様に感謝致します。　ありがとうございました。

坂本龍馬財団の皆様に感謝致します。　ありがとうございました。

19　李登輝氏（前・台湾総統）

先のニューヨークにて、森健志郎氏が影響を受けたと話していた李登輝氏（前・台湾総統）の事をもっと知りたいと思い、調べていたところ、インターネットで日本李登輝友の会を知り、すぐさま東京へ電話すると、近く東京にて総会があるとの事。後日、その総会に出席する為、北海道から東京へ向かいました。

総会に出席し、一つ質問した私は終了後会場を後にしました。

その後、私は日本李登輝友の会の人々と一緒に、二〇一二年（平成二十四年）十一月、台湾へ行きました。李登輝氏や蔡英文氏（現・台湾総統）にお会いしました。

李登輝氏は、台湾で十二年間総統をやられ、民主主義の社会を作りあげました。親日台を築き上げたのも李登輝氏をはじめとする台湾の人々のお陰です。

李登輝氏は、東日本大震災のあった二〇一一年三月十一日の夜八時、日本の皆さんにメッセージを送ったそうです。頑張りなさいと…。その後の日本人の様子を次のように伝えています。あれだけの地震の中で日本人は、礼節と秩序を保持しつつ我慢して国のために耐えてきました。これはおそらく世界に例がありませんと…。

李登輝氏は台湾で一九九九年九月二十一日に起きた大地震の際、三十日間は毎日災害地を訪問し、国民一戸一戸を訪ねて、国民は何に困っているのかを聞いたそうです。一国の長たる人とは、国民に寄り添い、一緒になって考えてあげられる人、合わせて、多くの知識と先見性、チャレンジ精神と行動力、そして大きな志と仲間をもった人物こそが一国のリーダーなのだと知りました。

李登輝氏は十二歳の時、お母さんにこう言ったそうです。「私をこんなに可愛がって、私を溺愛したら私は堕落しますよ、だから家を出ます」と。

十二歳で家を離れて先生の家に居候、それから学生の友達の家へと移動していったそうです。

十三、四歳から座禅を組み修行をしたり、色々なことをやったそうです。禅の研究や、日本で有名な『出家とその弟子』を読んで人生はどうあるべきかを考えたり、イギリスの『衣装哲学』も読んで、訓練を積んだそうです。

李登輝氏曰く、台湾というのはおそらく世界の国の中でも一番小さい国で、一番日本との関係が良い。なぜ台湾にそういう精神があるのか、それは李登輝氏が出版した『日台の心と心の絆~素晴らしき日本人へ』に詳しく書かれてあります。更に李登輝氏は、次のように言っています。

これを読んでいただければ、みなさんにも分かるはずです。これは日本精神なのです。これが、台湾と日本の国民の心と心の絆になっている。今の日本人はこれを学ばなくちゃいけません。

日本人の良さというのはどこにあるか、日本の魂。それは、誠実、自然。誠実というのは結局、武士道の中に出てくる精神だ。そして日本人の生活とは、自然と融合している。こういう所に、日本人は世界のどこの民族とも違うものを持っているると言えるでしょう。

国際社会における現在の日本は実際、今、大きな問題を抱えています。勤勉で粘り強い世界のリーダー的存在の日本の役割は、まず行動しなくてはならない。そのためには、福沢諭吉のいう「心事の棚卸し」を検討し何が悪いかを考えていく。龍馬のように、非常に苦しい環境から出て来て、いろんな困難にぶつかってもくじけずチャレンジしていくという精神がどうしても必要だと思うよと話されていました。

また李登輝氏は、日本の教育が台湾にとって大きな影響を受けていると話しました。日台の礎を築いた李登輝氏。政治生命を懸け凛とした姿勢と視線の先には、いつも時代を見通す頭脳と行動力がありました。

李登輝氏（前・台湾総統）に感謝致します。　ありがとうございました。
蔡英文氏（現・台湾総統）に感謝致します。　ありがとうございました。
台湾で出会いました全ての皆様に感謝致します。　ありがとうございました。

20　オーストリア・ウィーン・ハプスブルク家

坂本龍馬に「平和の炎賞」が授与される事になったと森健志郎氏（前・高知県立坂本龍馬記念館館長）から連絡が入り、ウィーンへ行く事になりました。

ここから、ウィーンで、初めて出会いました右城猛氏（株）第一コンサルタンツ代表取締役社長・坂本龍馬財団理事（二〇一二年〜二〇一五年）」の文章を抜粋し、紹介したいと思います。（二〇一四年六月一日記）

幕末の時代、「自由と平等と平和」に命を賭け日本を世界に開くきっかけをつくった坂本龍馬のことを、高知県立坂本龍馬記念館が「お龍と龍馬　愛の賛歌」というオペラ歌劇に脚本化した。この話をウィーンで活躍中のオペラ歌手宗野由佳さんが、オーストリアの名家ハプスブルク家が主宰する平和団体「平和の炎」のヘルタ理事長に話したところ、「平和の炎賞」が坂本龍馬に授与されることに決まった。

「平和の炎」は二〇〇〇年に設立され、戦地の子供たちの支援活動などとともに、二〇〇八年から世界平和に功績のあった個人・団体に「平和の炎賞」を贈って顕彰している。

二〇一四年五月十五日、ウィーンで開催される授与式に、日本からは森健志郎館長を含む十六名が出席することになりました。開催場所はウィーン市役所近くのホテル ザ・リバンテ パーラメントのレストランで行われました。十九時から開式。参加者は約八十名。二日間観光ガイドをしてくれた千竃《ちかま》さんも約束通り来てくれた。最初に一分間、平和の祈りを捧げる。こちらの式典の習わしのようである。

司会の山本真千さんが式典の趣旨を紹介したあと、森健志郎館長が十五名の仲間と共に日本から来たという挨拶をされた。このような授与式を日本ですれば、一人五〇〇〇円程度の参加費を徴収しなければ運営できない。ところが無料であった。スポンサーの協力金、チャリティー福引きから得た収入などで賄われたようである。

会場には現代絵画、絨毯、花瓶などの工芸品が展示されていた。授与式の後には、民族衣装などのファッションショーがあった。出展者から広告費として徴収しているのだろう。チャリティー福引きとは、参加者の寄付金（10～20ユーロ）と引き替えに空くじなしの券を渡すものでこれによっても利益を得ているのだろう。

展示物の紹介があった後、ソプラノ歌手の示野由佳さんと、テノール歌手のディーター・パッシングさんが、「お龍と龍馬　愛の賛歌」を披露した。

授与式で、挨拶をされるヘルタ理事長、トロフィーと表彰状が森館長、示野由佳さんに贈られた。トロフィーは、四角い大理石の台の上に平和の炎を形取った木が取り付けられている。お礼の挨拶をする森健志郎館長と坂本登〔郷土坂本家九代目当主・坂本龍馬財団理事（二〇一二年～二〇一五年）〕さんと筆者（右城猛さん）でした。通訳は、ウィーン在住の近藤愛弓《あゆみ》さん。

次の挨拶文を書いて通訳の近藤愛弓さんにお渡しした。

『皆さんこんばんは。私は坂本龍馬財団の理事をしています右城猛でございます。この度は『平和の炎賞』をいただき、ありがとうございました。日本の奈良や京都には、一〇〇〇年以上の歴史を持つ仏像や寺院がたくさんあります。ここウィーンにはゴシックやバロックの素晴らしい建物、世界的価値がある彫刻や絵画があります。人類の財産と言うべき文化遺産を守り、そして後世に遺してゆくためには、世界が平和でなければなりません。私たち坂本龍馬財団は、龍馬が目指した戦争のない平和な社会を守るための活動をしています。その活動がこのような形で評価されましたことに感謝申し上げます。ダンケ　シェーン』

坂本龍馬記念館から和紙で作られた高知産の名刺入れなど、お礼の品物が関係者に配られた。

日本大使館を代表して、二等書記官（広報文化班長）の川原剛さんが出席された。竹内土佐郎（暮雪）先生からは、お龍と龍馬と書かれた自作の書が、ヘルタ理事長さんと秘書のシビレさんに贈呈された。森館長の要望に応え、坂本龍馬のポスターに、ヘルタ理事長、副理事長もサイン。「平和の炎」の二人のサインが入ったポスター。高知県立坂本龍馬記念館に宝物がまた一つ増えた。式典の最後で宗野由佳さんとディーターが会場のアンコールに応えて「友よ、人生は生きてみる価値がある」（フランツ・レハール）、「叱られて」（弘田龍太郎）、「ありがとう」（濱口賢策）の三曲を披露した。オーストリアは高知とは文化が全く違う遠い異国と思っていた。しかし共通点やいろいろな繋がりがあるのに驚かされた。オーストリアの国旗が海援隊旗と同じであること。

坂本龍馬の「平和の炎賞」受賞は、日本人では薄井憲二・日本バレエ協会長、岩谷滋雄・前駐オーストリア大使に次いで三回目。奇遇にも岩谷滋雄氏は高知県出身である。授与式で通訳をされたウィーン在住の近藤愛弓さんのお父上、近藤常恭氏は会場にも来られていたが、ウィーンで日本食品や雑貨を売る「NIPPON-YA」を経営されている。常恭氏の祖父は土佐藩士の息子で、工学博士の国沢新兵衛。満州鉄道の理事長（総裁）も務めている。その兄の新九郎は、土佐藩より派遣されロンドン留学後、東京に日本初の油絵塾を開き、坂本龍馬の肖像画を描いている。（出典：示野由佳　ウィーンからの眺望Ⅱ、高知新聞、二〇一一・二・十八）

現在の駐オーストリア大使は国土交通省の事務次官、内閣官房副長官を歴任された方で、その前には尾崎正直氏（現・高知県知事）の上司。

今秋の九月六日には、オーストリアから高さ二メートルの「平和の炎」のモニュメントが送られてくる。そして、平和の聖地・桂浜に建てられることになっている。日本初の快挙である。


全国の皆様からの募金約八億円をもとに建てられた高知県立坂本龍馬記念館は、平成三年十一月十五日に開館しました。それから二十六年が経ちました。開館以来、三九九万五千人を超える多くの来館者が龍馬さんに会いに来ています。

記念館の前には、開館二十年記念としてシェイクハンド龍馬像が完成しました。森健志郎氏の生前の言葉です。『龍馬と手をつなごう、見知らぬ誰でも手をつなげば争いは起きない。戦争なき平和社会の実現は手をつなぐことから始まるのです。そんな思いがこもっているのです。』と…。

一行は、ウィーンでの「平和の炎賞」の授賞式を無事に終え、それぞれの地に帰って行きました。忘れぬ思い出を胸に…。皆と別れた後、私はもう一日ウィーンに滞在しました。ウィーンで日本食料品店「NIPPON-YA」へ行きました。

そこで日本茶を注文しました。日本茶はウィーンで大人気とのことでした。偶然、店内で近藤常恭氏（日本食料品店「日本屋」会長・日本国天皇様より旭日雙光章を受章）にお会いしました。とても紳士な方で、優しくおしゃれな方でした。近藤氏のお誘いで、日本の雅楽を生まれてはじめて鑑賞させてもらいました。あらためて日本の伝統芸能の素晴らしさを目の当たりにしました。オーストリアと日本をつなぐ雅楽は日本の誇りであり、過去・現在・未来へとつなぐ音楽なのだと思いました。そして、国と国をつなぐ架け橋なのだと思いました。

森館長さんに感謝致します。　ありがとうございました。
右城猛さんに感謝致します。　ありがとうございました。
示野由佳さんに感謝致します。　ありがとうございました。
山本真千さんに感謝致します。　ありがとうございました。
近藤常恭さんに感謝致します。　ありがとうございました。
ハプスブルク家の皆様に感謝致します。　ありがとうございました。
ウィーンで出会いました全ての皆様に感謝致します。　ありがとうございました。

21　研修
（北海道。母と女性教職員のつどい…憲法を守り、知恵と勇気と行動で子どもにしあわせを！平和を！～子どものために手を結び輪をひろげよう～）

私は、子供の通う小・中・高校のＰＴＡ関係や、民生児童委員（主任児童委員）をさせてもらう中で、多くの研修を受けてきました。そのいくつかをご紹介します。

まず一つ目の研修は、二〇〇八年七月二十六日の研修です。千歳市民文化センターで全大会と交流会、二十七日は恵庭市立恵庭小学校を会場に、十三の分科会が開催されました。のべ全道一六〇〇人の参加がありました。

七月二十七日、恵庭小学校にて第五十三回北海道母と女性教職員のつどい（第三分科会）、中・高校生の問題というテーマで皆さんと話し合いました。母親達は子どもの今を話し、教職員は教え子達の今の様子やわが子の話、教育現場、社会情勢など話し、男性職員は戦前戦後と時代の流れによって日本社会、教育が変化していく様を話し、今未来に向かって一人一人が何をすべきなのか、また何を大切にしていくのかを話し合った時間でした。

ほぼ全員が自分の意見をもち積極的に話し合いを重ねていくこの時間は、私にとってとても勉強になり、このつどいに参加できた事を嬉しく思いました。私が一番強く残った言葉を紹介します。「教育とは命の大切さを教える、そして考える力をつける」でした。いつの世も、そしてどんな時も大切にしなければならないということでした。これからの世の中、勉強全てではなく、もっと広く世の中を見て考えて生きていくという事が大切だと思いました。

今、日本では、社会全体が自分の中に今後の日本の社会や、教育に不安を抱いている人の多さを感じました。「憲法」「47教育基本法」や「子どもの権利条約」や「女性差別撤廃条約」など、民主教育をすすめる運動は最も大切なことで、今こそみんな声を一つにして運動しようという意見も多く出ました。

ここでの会話の内容の深さに、あらためて教育全体と社会全体を知り勉強になりました。多くの方のお陰でこの集いを開催していただいた事に感謝しました。

研修で出会いました全ての皆様に感謝致します。　ありがとうございました。

22 研修（全国主任児童委員研修会）

三つ目の研修は、二〇一二年七月二十三日・二十四日の両日、静岡県浜松市で開催された全国主任児童委員研修会です。約三〇〇人の参加でした。

初日は開会式に始まり、行政説明、講義、シンポジウム、交流会が行われました。二日目は、三ヶ所に分かれての分散会でした。

行政説明では、子どもを取りまく社会環境の変化についての説明を受けました。現在、就学前の児童の八割は家庭で育てられており、専業主婦のお母さんは孤立感を感じ、子育ての負担も増加しているとの事でした。子育ての基本理念は家庭ですが、現在、国や地域・企業が子育てを応援するための法律が準備されているそうです。また児童虐待については、一番目に家庭の養育力低下、二番目に核家族化が原因とされ、虐待者の六割が実母という現状です。主任児童委員の発見、相談、通報が大切との説明がありました。そもそも、主任児童委員制度は平成六年に創設され、高齢者だけではなく児童にも目を向けようというねらいがあったようです。国としても、主任児童委員制度のＰＲが足りないとの反省があるようです。

次に、明治学院大学の松原康雄教授の講義がありました。私がもっとも印象に残っている言葉を紹介します。「子どもが安心して暮らし、豊かに育つことができる街、子育てしやすい街は、児童虐待発生を予防するだけではなく、すべての地域住民にとって生活しやすい街づくりにつながっていく」という言葉でした。これからは、高齢者や障害者を含めた優しい街づくりが大切だと学びました。

シンポジウムでは三名の活動報告がありました。特に「自分達が楽しいから地域に関わり、それが全体につながり、みんなが共生できる社会になる。点と点をつないでいく作業は大変だが、更なる大きな輪に…」という発言が印象的でした。

二日目の分科会では、グループごとに分かれて、大きな模造紙に自分と接する関係機関を付箋に書き出して貼り、文字を加えて全体像を考えていくという面白い時間となりました。この二日間、他県の方々の交流も深まり有意義な時間を過ごすことが出来ました。このような機会に恵まれたことに心から感謝しました。

研修で出会いました全ての皆様に感謝致します。ありがとうございました。

松原康雄氏（明治学院大学教授）に感謝致します。ありがとうございました。

23 研修（北海道高等学校ＰＴＡ連合会大会　釧路・根室大会）

四つ目の研修は、二〇一三年六月十四・十五日の両日、北海道釧路市で開催された北海道高等学校ＰＴＡ連合会大会です。

一、講演の題目は「野生動物の命を守る～希少猛禽類の救護と環境治療の現場から～」でした。獣医療研究機関猛禽類医学研究所代表・獣医師の齋藤慶輔氏のお話です。

北海道は非常に四季が美しいです。北海道に参りまして、まずこの四季の豊かさ、表情の豊かさに凄く感銘を受けました。野生動物、北海道にはたくさん鹿がいる状態かもしれませんけれども、そもそもその状態が異常です。鹿がたくさん見られるということは本来ありません。狐が道路脇にいるのも異常です。野生動物をたくさん見られるということは何かおかしなことが起こっている可能性があります。保護センターでの役割ですが、世界最大の猛禽類、シマフクロウやオオワシの保護増殖事業です。猛禽類は、環境の変化を大きく受けてしまう「指標生物」と言われています。生態系や食物連鎖の頂点ということで、「アンブレラ種」と言います。生態系を維持する上で非常に重要な存在。数はそんなに多くはないですが、その種が抜けてしまうことによってガラガラと生態系全部が崩れてしまう要石（かなめいし）のようなものですから、「キーストーン種」とも言われています。非常に環境の影響を強く受けて、環境の指標として重要な動物です。これが北海道を代表するシマフクロウの姿です。

昔から「コタンコロカムイ」とアイヌの方に言われ、「村の守り神」と言われ、直訳すると「村を所有する神」です。昔から共存共栄していましたが、今では数が減り一四〇羽になりました。世界最大級の渡り鳥オオワシが世界中に約五〇〇〇～六〇〇〇羽しか生息していない状況です。センターでは、傷ついた野生動物がこの十年でオオワシ一六四羽、オジロワシ一六一羽、一四〇羽しかいないというシマフクロウだけでも五三羽が担ぎ込まれています。それだけ野生動物が傷ついていると言えます。センターに担ぎ込まれた時点で、既に息を引き取っている状態です。

シマフクロウの死亡原因は圧倒的に車輌衝突、四割が交通事故です。網に絡まったり感電したりと、人間が何かしらの影響を与えてしまって殺してしまっていると言えます。オオワシは鉛中毒。オジロワシは鉛中毒と発電用の風車です。ブレードに衝突して死んでいます。やはり大半が人間による原因で死んでいるという現状になっています。

簡単に捕れる餌には動物たちは簡単に集まるということです。それは周りに餌がないからというより、捕りやすい餌がそこにあるからと集まるのです。すると、ずっとこの無秩序を続けてしまうと、生態系を撹乱する要因にもなりかねないのです。人間社会に動物を引き込んでしまっているので事故が起こります。その結果、人間が原因になっている事故が多発しているということが野生動物の世界では多く言われています。

野生であるがゆえに気を付けなければいけないことは、過保護な人間生活をしてしまうと人慣れを起こしてしまいます。それから一気に治して、一気に放さないと、やはりこれも人間の餌に頼ってしまうということになり、救護が仇になってしまう可能性もあります。命を助けることによって野生にお返しするのが重要ですので、ゴールが野生復帰ということで、単なる健康状態の回復ではないということが他の獣医師と少し違うということが分かります。

野生動物を治すということから、もう一歩進んだことをしようと思って今やっていることを紹介します。シマフクロウ保護増殖事業です。

シマフクロウの夫婦は非常に仲睦まじいのです。二年前に、巣から巣立てないでいるシマフクロウの子どもがいました。このシマフクロウを「どうも行動が変だ」といって連れて帰ったところ、診断は先天性の脳障害でした。生息地域が非常に狭くなっていて、近親交配が多くなっていて、どうしてもこういうことがあります。私は、この動物を発見した時に「天からの授かりものだ」と思いました。「シマフクロウ界からの親善大使になってもらいたい」と思ったのです。この「ちび」ちゃんが生きている間に、シマフクロウのすばらしさを素直な子どもたちに知ってもらいたいと思い、一役買ってもらいたいと思います。

獣医師をやりながら傷ついた動物を治すだけでは、不十分ではないかと思っています。どんどん傷ついて、どんどん治すというのは良くない。生きていても死んでいても、その動物からその原因を精査するということがとても重要だと思います。私が今思っていることは、傷病野生動物は自然界からのメッセンジャーだということです。要するに、自分たちの姿を私たちに見せながら、病んでしまった自然環境の状態を私たちに伝えてきているのです。動物を治すだけではなく、おかしなことになっている自然環境、彼らの生活環境を治すということが事故を防ぐために何よりも重要と思いますので、私は造語ですけど「環境治療」という言い方をして、これを行っています。人間に置き換えると簡単です。例えば、ハウスダストアレルギーがあります。お医者さんに行くと、「生活環境を改善しなさい、きれいにしなさい」と言われます。それは、人間を治すために環境改善を行って下さいということです。彼ら野生動物の生活環境は自然界そのものですから、そこを健全な状態に治すということで、私は獣医学なので環境治療を大事にします。

二〇一一年の三・一一震災のとき、東北地方にいる獣医師も被災しました。宮城県の獣医師会も波にのまれて、被災したペットの救護も何もできないということでしたので、私のジープに一切合切、研究所にあった医薬品を詰め込み、緊急車両登録をして被災ペットの治療をしてきました。そのときに、原発事故などで自然環境エネルギーの大切さということがよく分かりました。ですから私は、風力発電は絶対駄目というスタンスでいません。野生動物との共生は、被災等にかかわらずつねに考えていかなければならない事です。
まとめですが、私は野生動物と共存していくためには、傷病野生動物が変わりゆく自然環境の姿を様々な形で我々に伝えてきてくれていると思うので、単に治すのではなく、彼らが身をもって私たちに訴えてきてくれるメッセージ、これをきちっと受け止めて、そしてどうしたらもっとより良くやっていけるか考えることです。自分はどのようにやっていけるか。教員であれば生徒さんにどうやって伝えることができるか。親御さんであればその話題をどうやって話していけるか。それを遠い世界の話ではなくて実際に起こっている事例をお話しすることで、その積み重ねで環境の改善をしながら、一緒に環境治療に参加していただきたいと思っています。

以上のお話から私は野生動物の命、人間との共生を考えていく大切さを学びました。

二、今回の分科会テーマは「地域に貢献する子どもたちを育むＰＴＡ活動」でした。釧路明輝高校野球部全員で三・一一東日本大震災の支援活動として、岩手へボランティアに行った話を聴き、私は大変感動し涙が出ました。人はひとりでは何もできませんが、集まれば何でもできると思います。『日本は資源がないので、これからの日本は人材教育が必要です』と話して下さった鈴木章氏の言葉が思い出されます。

多くの関係機関や多くの人が連携していく事の大切さを学びました。

研修で出会いました全ての皆様に感謝致します。　ありがとうございました。

齋藤慶輔氏（獣医療研究機関猛禽類医学研究所代表・獣医師）に感謝致します。

ありがとうございました。

24 研修（北広島市大曲・西部地区民生委員児童委員協議会・道外研修）

五つ目の研修は、二〇一三年六月十七日～十九日、北広島市大曲・西部地区民生委員児童委員協議会・道外研修（福島県・宮城県）です。ここでは、私がまとめた広報誌の原文がありますので、ご紹介します。

東日本大震災から約二年余りが経過した今、この大震災を忘れない気持ちを持ち続けると共に、犠牲者への鎮魂と被災地の復興支援のために本視察研修が計画されました。

私は、被災地の現状や復興の過程を自分の目と耳で直接確認し、現地の方々にお会いしてお話を聞いてみたいと思っていました。

最初に、津波で大被害を受けた仙台空港を視察しました。当時、津波は五～六メートルの高さに達し、空港内には土砂やゴミに加えて横転した車などが流れ込み、言葉にならない程ひどい状態だったそうです。震災直後に、アメリカ軍が

「トモダチ作戦」という災害救援活動を展開しました。空港の二階に寝泊まりして、大量の機材と人員を投入、たった一ヶ月で津波に破壊された仙台空港を再開したそうです。空港内外の壁や柱には津波被害の記録を後世に残し、被害の減少につなげようと、津波の到達高さを明示する標識が記されていました。

次に訪問した宮城県石巻市立大川小学校は、震災最大の悲劇ともいわれ全校児童一〇八名中七〇名が死亡、四名が行方不明。教職員十三名中、校内にいた十一名のうち十名が死亡。廃墟となった校舎前には慰霊碑と献花台が設けられ、たくさんの花が供えられていました。私達も花を手向けて全員で合掌し、亡くなられた方々のご冥福を祈りました。

津波で壊れた校舎を震災遺構として保存するか否か、賛否両論があり、遺族の方々の複雑な思いが感じ取れました。

現地を案内していただいた「震災語り部ガイド」さんのお話から、地域の防災対策が分かりました。この地域は昭和三十五年のチリ地震津波では被害がなく、普段から津波の避難訓練などの対策がおろそかだったようで、第一波の津波が来てもほとんどの住民が家に残っていたそうです。ガイドさんが言われた「今私は、たまたま生きている」という言葉が印象的で心に残りました。
視察研修を終えて、今自分に出来る事は何なのかを考えずにはいられません。東日本大震災の被災地が一日も早く復旧、復興されることを願い、視察研修報告と致します。

その後、宮城県で出会った千葉晴美さんからのお手紙（二〇一六年三月）の一部分をご紹介します。

今日、父の実家の宮城県石巻市北上町という大川小学校の向側のもっと海より へ行ってきました。本当、久々に行きましたが、トラックの多さ、道のデコボコの多さにビックリして帰ってきました。五年という月日が経つにもかかわらず、まだまだ復興していない地区も多々あるものだと思って帰宅しました。自分達の見える所の地区は、復興住宅というマンションのような五階建てのアパートが何十棟も建ってきているので、すごい早さだなぁと感じていました。でも、石巻の中心部と過疎部との違いが有りと感じる日でした。
きのうも青果の仲間達と飲みに行くと皆被災しているので、自然とあの日の事を話し始め、あの時の事は忘れられないと…。十人が十人、地震がきたらすぐ逃げる、地震＝津波!!を内陸の人にも教えていかないとネという話になりました。少しでも子供達の将来に役に立てればと…。どうぞお伝え下さい。そして、地震、津波の恐さを教えていって下さいと書いてありました。

地震、津波は、今や日本、世界のどこにいても起きる事を想定し、緊急時に備えることが大切だと思いました。

研修で出会いました全ての皆様に感謝致します。ありがとうございました。
千葉晴美さんに感謝致します。ありがとうございました。
福島県・宮城県で出会いました全ての皆様に感謝致します。
ありがとうございました。

25　研修（全国高等学校ＰＴＡ連合会大会・山口大会）

六つ目の研修は、二〇一三年八月二十一・二十二日の両日、山口県で開催された全国高等学校ＰＴＡ連合会大会です。

「夢から志へ」を大会テーマとして、全国各地より約一万人の会員が集いました。明治維新の精神的指導者であり教育者として知られる吉田松陰先生の故郷である山口県で行われました。萩という小さな町から五人が世界へ旅立った吉田松陰の松下村塾、まさに教育力の賜物です。

大会趣旨として以下の事が書かれてあります。高校時代は、子供の頃から持ち続けた夢を実現するために自ら「志」を立て「志」を育み「志」を磨く期間であって欲しいと思います。「志」とは、人生において己のためだけでなく、多くの人々のために、そして世の中のために大切な何かを成し遂げようとする決意です。

広い視野に立って、日本の将来と国際社会の発展に寄与する人材を育成するためには、豊かに生きる力の根源となる「志」の確立が大切です。次代を担う子供達に今求められるのは、未来を生き抜く基盤力です。しっかりと地に足をつけた力が育まれて、はじめて「志」も具現化します。

日本の都が奈良から京都に移って約一二〇〇年。日本の歴史と文化は、京都を抜きにして語ることはできないでしょう。山口県にもその京都に及ぶ文化を誇った時代がありました。いわゆる「西の京」です。その後、萩の小さな松下村塾から始まった明治維新、そして現代にいたるまでの政治や文化面での活躍は、日本の近代化に大きな影響を与えました。

明治維新の精神的指導者、教育者として知られる吉田松陰先生の言葉に、「夢なき者に理想なし、理想なき者に計画なし、計画なき者に実行なし、実行なき者に成功なし。ゆえに、夢なき者に成功なし」があります。

ここで、木原雅子氏（京都大学大学院医学研究科准教授）による WYSH 教育をご紹介したいと思います。

一言でいうと、子供達が自分で歩き出すきっかけを作る教育です。

WYSH教育は、今の子供達の現状、または授業する学校の子供達の現状に合わせて授業を開発していきます。広い意味での目標は、将来すべての子供達が自分の良いところを伸ばして自分の意思で生きることができることを目指しています。ものすごく当たり前のことのように聞こえると思いますが、私はここに特別な思いを込めています。

このすべてのという言葉にたくさんの思いを込めています。障害があってもなくても、病気にかかっていてもかかっていなくても、人種が違っていてもいなくても、日本国籍を持っていてもいなくても、家庭の環境がどうであろうとも、子供達が自らの手で選ばなかったものが理由で、他の子と同じ幸せを掴めないのはあってはならないことだと思います。子供達には泉のように湧いてくるスゴいものが絶対にあります。でもそれに気付かないままに社会に出ていっている子供達が大勢います。そういう子供達みんなに自分の湧き出るような泉に気づいてもらうというのがWYSH教育の最終目標です。

WYSH教育は二階建ての教育になっています。一階部分は人間基礎教育です。その上に各種の教育が入ります。人間基礎教育は、自尊感を持つ、自己肯定感を上げるということです。そのためには、安心できる人間関係、居場所が必要となります。二階部分には、子供達が抱えている問題、命の教育、いじめ防止教育、やる気アップ教育、性教育、コミュニケーション教育などです。

自己肯定感を持つためには、自分の足場をしっかりさせないといけません。そうしないと自尊感を築くことはできません。第二段階は自分のいいところを見つけてそれを磨く。第三段階は世の中にある危険をしっかり伝える。そして第四段階は子供達自身でどうするのかを決めるです。まずは、子供達の目の前にある大きな問題を聞いて、将来の目標を立てられるよう一緒に考えました。

子供達は、なぜか親が一番忙しい時に相談してくるんですよね。「どうしたらいい?」って聞かれたときは、「どうしたいの?」って聞き直すようにして、子供達にしっかりと考えさせてあげてほしいと思います。

一見、便利で豊かな時代になりました。しかし、子供達が本当に希望に満ちているのか多くの疑問が残ります。子供達にどうなってほしいのか、出産したときの原点に戻って思い出していただきたいと思います。

子供を取り巻く社会の変化を憂いているばかりでは何も変わりません。大人が本気で取り組めば、子供達は必ず変わります。今日のお話をどうかできるだけ沢山の方に伝えて、そして、何かを始めていただければと思います。

学校と家庭が対峙するのではなく、子供の両側から、それぞれが手を支えることで、日本中の子供達が笑顔になってほしいと思います。


と木原雅子氏は語っています。

その後、京都大学で木原雅子さんにお会いする機会に恵まれました。広い視野で、日本中の子供達の長所を伸ばして生きていくことが出来るよう日々研究し実践している姿がありました。そして、何よりも大切な事、日本中の子供達が笑顔になって欲しいという思いにとても感動しました。この研修に参加して、未来ある日本の子供達に、今私が出来る事は何かと考えさせられました。日本の子供達は日本の宝です。

研修で出会いました全ての皆様に感謝致します。ありがとうございました。
木原雅子氏（京都大学大学院医学研究科准教授）に感謝致します。
ありがとうございました。

26 研修（日本教育会全国教育大会北海道札幌大会）

七つ目の研修は、二〇一三年九月二十八日、札幌市教育文化会館で行われた日本教育会全国教育大会北海道札幌大会です。大会主題は「二十一世紀を創造する日本人の育成」、副主題は「たくましく社会を生き抜く力を育む」でした。

表紙は、一八七六年七月末から八ヶ月間、札幌農学校で初代教頭として教育に当たったウィリアム・S・クラーク博士の像でした。クラーク博士の教え子、新渡戸稲造、内村鑑三らは、北海道開拓のみならず、その後の日本の発展に大きな影響を与えました。

「遙か彼方にある永遠の真理」に向かって右手を挙げているクラーク博士、台座にも刻まれている〝Boys, Be Ambitious〟が有名です。その後に続く文については諸説あり、「大志」の解釈はそれぞれ多様ですが、クラーク博士は開校式式辞でも〝Lofty Ambition〟「高邁なる大志」に言及しています。

副主題のシンポジウムでは、坂東元《ばんどうげん》氏（旭川市旭山動物園園長）による言葉が印象的でした。ご紹介します。


野生の世界では、命を奪う奪われる食物連鎖の輪の中で競争ではなく、調和を保ちながらすべての命が輝いています。動物たちの素晴らしさは、食べる食べられる関係の生き物たちが同じ空間、環境の中で、お互いの存在を認め合いながら生きていることです。自分にとって不愉快なもの、不利なものを排除しながら、社会を形成してきたヒトとの決定的な違いです。

それでも、昔はヒト同士認めあい、妥協し、分相応の中で全体を意識しながら社会を保ってきたのだと思います。

現代は急速に「個の時代」になりました。権利、平等の主張の中で、他との関係を極力排して「個」で完結する方向で社会を成り立たせようとしているように思えます。様々な歪みの原因がここにあるように思えます。

等身大の存在として好きでも嫌いでも互いに認めあえること。等身大の自分として他との比較の中ではなく生きること。命は大切と切り札のように使われますが、命は必ず死で終わります。大切なことは長生きすることではなく、どんな生き方をするのかを考えさせることが大切なのだ。

と伝えられました。

研修で出会いました全ての皆様に感謝致します。　ありがとうございました。

坂東元氏（旭川市旭山動物園園長）に感謝致します。　ありがとうございました。

27 毛利衛氏（日本科学未来館館長）

私が毛利衛氏と出会ったのは、二〇一三年九月二十八日、札幌市教育文化会館で行われた第三十八回日本教育会全国教育大会北海道札幌大会でした。毛利衛氏のお話に深く共感し、感動しました。

その後も、毛利衛氏の思いを多くの人に伝えたいという気持ちが続いていきました。この本を出版するにあたり、再び毛利衛氏とつながることが出来ました。

私は、毛利衛氏の著書『宇宙からの贈りもの』（二〇〇一年、岩波書店）『日本人のための科学論』（二〇一〇年、ＰＨＰ研究所）『宇宙から学ぶ』（二〇一一年、岩波書店）を読みました。また『宇宙から学ぶ』の中に出てくるＮＨＫスペシャル「生命四〇億年はるかな旅」を観ました。進行役を担当した毛利衛氏。毛利氏が特に印象に残っている放送が、一九九四年九月第五回「大空への挑戦者」でした。ドイツで発見された一億五〇〇〇万年前の始祖鳥の化石を手がかりに鳥類が誕生した謎に迫る番組でした。

私は、毛利衛氏の講演を聴き、本を読み、番組を見終えた後、涙があふれてきました。今、この時代に、地球という星に守られ、自然、生きもの、全てがつながっていると感じることで嬉しく有り難い感謝の気持ちでいっぱいになりました。

毛利衛氏の著書『宇宙から学ぶ』の中でご紹介したい文章があります。


《ユニバソロジ（Universology）という言葉は、英語にも日本語にもありません。宇宙を意味するユニバース（Universe）をもじった新造語で、私が二回の宇宙飛行を通して育んだ宇宙と生命の本質に関する独自のビジョンを表す名前です。

少し堅い言葉で表現すると、「すべての現象に共通な概念を含む、ものの見方」と定義できます。ユニバソロジという名前は、作ろうと意識して作ったものではなく、NASAのスピーチライターとのディスカッションから生まれたものです。（中略）ユニバソロジの見方・考え方は、そうした「白でもあり、黒でもある」という、ものの見方を基礎にしています。（中略）ユニバソロジで大切なのは、物事を多面的に見るのと同時に、物事を少し離れたところから見ることです。

ユニバソロジでは「つながり」が重要なキーワードになります。よく覚えておきたいと思います。

スケールの違いはあれ、ミクロの世界もマクロの世界も連続的につながっている、ということです。その最たる例が、生命です。（中略）結果わかったのは、DNAのレベルで見ると、人間はほかの動物とほとんど違わないということです。

外見は違って見えても、DNAのレベルで見れば、生命はどれもほとんど同じです。つまり、人間であれ、動物であれ、植物であれ生命は、互いにつながっているということです。人間は唯一無二の特別な存在ではなく、生命という普遍性をもった存在の中のひとつなのです。

宇宙から見ると地球の表面は、リンゴに例えると皮ほどの薄さだそうです。「大きな隕石がぶつかったら終わりだな」という考えが、私の頭の中に浮かびました。地球はいつでも火星のようになりうる。現在の地球環境は、いつ失われてもおかしくないのだ。まずはそういうことを思いました。

不思議なことに、死の世界を肌で感じて帰ってきたら、地球上で目にするものが何でも美しく見えるようになりました。宇宙飛行士たちは、みな口をそろえて、「地球は青く美しい」と言います。それは、宇宙空間という死の世界に身を置くことで、「自分たちが帰る場所は地球しかない」と再認識するからだと思います。地球という星は、やはり、私たち地球に住む生き物にとっては、かけがえのない、たった一つの特別な星なのです。二度の宇宙体験は私に、私たち人間をはじめ地球に住むあらゆる生物にとって、地球は本当に貴重な場所なのだということを、あらためて感じさせてくれました。

私たち人類がいま直面しているさまざまな問題は、いわば私たち自身が播いた種によるものです。それを克服するためには、従来からの人間中心の価値観を大きく転換していく必要があります。そのためのキーワードが「つながり」です。

宇宙から見ると世界に中心など存在せず、見えるのはただ真っ青な海、暗緑色の森林、白い雲、赤茶色や黄土色をした陸地です。

人間の姿など、まったく見えません。

こういう視覚的な体験をすると、ものの考え方が根本から変わると思います。人類がいるかいないかにかかわりなく地球は存在するという考え方に変わっていきます。といって空しい気持ちになりません。

むしろ人類という存在の尊さが実感できるようになります。》

ふと、私が中学生の時に書いた一枚の絵を思い出しました。手のひらにのった地球の絵を何故、書いたのかを…そう、私は、中学生の頃から今もずっと変わらず、『地球を救いたい』と強く思っていました。

毛利衛氏との出会いによって時を経て、気づくことが出来ました。

私は地球上の生命体の一人の人間です。自然界全ての命と共生して今を生きています。

今、自分に何が出来るのかを日々考えて行動していきたいと思います。

毛利衛氏（日本科学未来館館長・宇宙飛行士）に感謝致します。

ありがとうございました。

終章

祈り 心をつなぐ

28　祈り

　人生に息づまった時、困難が立ちはだかる時、自分一人ではどうにもならない時、生きる事がつらくてしようがない時、悲しくて寂しくて…そんな時、…私は祈るのです。

　神棚に向かい、太陽に向かい、夕日に向かい、月や星を見て一心に祈るのです。祈る事しか出来ない時を、私は何度か経験してきました。自分の命とひきかえに助けて下さいとお願いした日もありました。

　二〇一四年の六月のある日の出来事でした。その日は、私が生きている中で一番強く、長い時間祈りを捧げた日となりました。これからお伝えする事は夢ではありません。実際におこり、体験した事実です。それではお話しします。

　私は、その日の夜、眠れずにいました。深夜零時、私は一人ベッドに入りました。目をつぶり、その五分後位だったでしょうか。寝室の壁に何か異変を感じました。ちなみに、その日の事は、四年経った今でもハッキリ覚えています。はじめに、私の身体全身が硬直し始めました。金縛りの経験がない私は、一瞬、金縛りってこんな感じだろうかと思い怖くて目が開けられませんでした。

その後、硬直した身体が丹田の方に集中してきました。例えて言うならば、マグマが中心に向かって集まるような、または物凄い力が真ん中に集まって押し上げられるかのような状態になりました。すると次に、お腹の下の丹田あたりの集中した何かが外へ飛び出していくような感じになりました。

私は一瞬、この世からあの世へ行くのではないかと危機を感じ、必死に何ものかが外へ行かないように丹田めがけて力を入れました。と同時に、両足から少しずつ浮き上がっていくような感じがしたので、私は思いっきり両足に力を入れて、ベッドから身体が離れないようにしました。その間、目は開けられず、ずっと怖くてつぶったままでした。

その後、丹田のあたりから、何かが飛び出していきました。その何かはゆっくりと浮上して、暗く、静寂した空間へと移動していきました。星のような光が見えました。

私は、浮遊していた何かを自分の身体に必死で戻そうとしました。その時、強く祈り唱えた言葉が南無阿弥陀仏でした。祖母がいつも仏壇の前で唱えていたお経でした。

お経を唱えて、どの位経ったでしょうか。その後、ゆっくりゆっくりと何かが自分の身体に戻っていきました。硬直していた身体も次第にやわらいできました。しばらくして私は、恐る恐る目を開けました。額や手のひらにじわりと汗をかいていました。以後、このような体験はありませんが、一つわかった事は、一点に集中して強く祈りを続けると時空を超えて別次元へ行くのだと思いました。合わせて祈ることの意味の深さをあらためて感じました。

祈りとは一心に祈ることだと身をもって体験させてもらいました。人はどんな境遇にあっても、どんな場所でも、どんな時でも祈ることが出来ます。それからというもの、毎朝感謝の気持ちを言葉にしています。

創世神（十七柱）

〔別天神《ことあまつかみ》〕

天之御中主神《あめのみなかぬしのかみ》
高御産巣日神《たかみむすひのかみ》
神産巣日神《かみむすひのかみ》
宇摩志阿斯訶備比古遅神《うましあしかびひこぢのかみ》
天之常立神《あめのとこたちのかみ》

〔神世七代《かみよななよ》〕
国之常立神《くにのとこたちのかみ》
豊雲野神《とよぐもぬのかみ》
宇比邇神《ういぢにのかみ》・須比智邇神《すいぢにのかみ》
角杙神《つぬぐいのかみ》・活杙神《いくぐいのかみ》
意富斗能地神《おおとのじのかみ》・大斗乃弁神《おおとのべのかみ》
淤母陀琉神《おもだるのかみ》・阿夜訶志古泥神《あやかしこねのかみ》
伊邪那岐神《いざなぎのかみ》・伊邪那美神《いざなみのかみ》

天皇家の皆様　お助けいただき　ありがとうございます。
ご先祖様の皆様　お助けいただき　ありがとうございます。
家族の名前　お助けいただき　ありがとうございます。
地球上の生きとし生けるもの全てに感謝致します　ありがとうございます。
今日一日、どうぞ宜しくお願い致しますと…すると、なぜか不思議と気持ちの良い朝が始まるのです。

29　宮城県での出会い

二〇一四年（平成二十六年）六月、私は宮城県に行きました。道中、色々な人々に出会いました。

一人目は警察官でした。その方は犬と散歩に出かけたある場所で、宇宙船と宇宙人を見たと話していました。私はその話を聴いた時、なぜか不思議な事とは思いませんでした。

二人目は先に手紙文で紹介しました千葉晴美さんです。当時千葉さんはデパートの店長さんをしていました。デパート内で、たまたま私の近くにいた千葉さん、七夕の件で私が千葉さんに話しかけ質問しました。願いを色画用紙に書き、短冊を設置してあった場所の木にかけました。以来そこで出会った千葉さんと手紙のやり取りが続きました。ある日、手紙と一緒に、五円玉が入った亀さんの飾りストラップが送られてきました。

あの三・一一の東日本大震災のあった日を経験されたKさんの手作りの品でした。Kさんの作るご縁玉の入った亀さんの飾りストラップは、一つ一つが丁寧に、丹精込めて作られています。私は東日本大震災で、多くの尊い命が失われた日を一生涯忘れません。五円（ご縁）の入った亀さんの飾りストラップは、私の一生の宝物です。毎日使うカバンとお財布に、ご縁の亀さんを入れて持ち歩いています。決してあの日（二〇一一年三月十一日）を忘れないと心に誓うのでした。

三人目は、瑞巌寺から列車に乗車した時に出会ったおばあちゃんです。あいさつをした後、話は東日本大震災へと続きました。私は、「地元（当時・北海道北広島市）で東日本大震災の事を、音楽や活字で発信しています」と話したところ、おばあちゃんは私に、「三・一一を忘れないでいて欲しい」と言いました。

しばらくして、おばあちゃんが下車する駅に近づいてきました。何やら、おばあちゃんはかばんの中から何かを取り出そうとしていました。取り出した物は、ラミネート加工した手作りの四つ葉のクローバーと五つ葉のクローバーでした。

おばあちゃんは私に言いました。人に喜んでもらいたい、幸せになって欲しいという思いを込めて作っては人にあげていますと…。四つ葉のクローバーや五つ葉のクローバーは、自宅の近くで探していますと…。私にも、四つ葉のクローバー四枚、五つ葉のクローバーを一枚くれました。一期一会で出会った宮城県のおばあちゃんにお礼を言って別れました。一枚の四つ葉のクローバーは、私のお財布の中に、おばあちゃんの思いと共に大切に入っています。

宮城県で出会った皆様に感謝致します。　ありがとうございました。

Kさんに感謝致します。　ありがとうございました。

幸せのクローバーをくれた、おばあちゃんに感謝致します。
ありがとうございました。

30 心をつなごう

二〇一一年二月、私は「自分と同じ志をもった人と一緒に、日本から世界へ、世界から日本を見て回りたい」と思いました。その思いが叶い、志同じ仲間と共に二〇一一年十月、ハワイとニューヨークへ行って来ました。そこで不思議な体験をしました。

ハワイ滞在中に、朝日の太陽と共に歌詞が、そしてニューヨーク滞在中に機内の中で、曲が浮かんできました。日本に帰国後、犬のラッキーと散歩に行った大曲東公園で再会したピアノ講師・松下由紀子先生。松下先生のお陰で、「心をつなごう♪」の楽譜が出来上がりました。

翌年の二〇一二年七月、北広島市立大曲東小学校サマースクールにて、「心をつなごう♪」が出来た経緯を写真と映像を通してお話しする事が出来ました。そして、「心をつなごう♪」を体育館でみんな（約一〇〇人）で歌うことが出来ました。ピアノ伴奏してくれた松下由紀子先生、写真を映像化してくれた森正人先生、サマースクールに協力してくれたお母さん達のお陰でした。参加してくれた子供達、保護者の方々、地域の人とみんなで過ごした楽しい時間でした。

翌年の二〇一三年、サマースクールに協力してくれたリトミックの小川智美先生のお陰で、音楽製作をしている菅田健太郎氏を紹介してもらいました。「心をつなごう♪」のCD化の後押しをしてくれたのは、今は亡き、森健志郎氏（前・高知県立坂本龍馬記念館館長）でした。

二〇一三年、初回CD版が完成しました。翌年二〇一四年、北広島市立大曲小学校元校長横藤雅人先生、牛渡聖子先生他、当時三学年の児童の皆さんのお陰で、「心をつなごう♪」二枚目のCDが完成しました。当時、民生児童委員・主任児童委員であった私は、同委員の方々にも声をかけ協力してもらいDVDが完成しました。その後、二〇一五年、二〇一六年と北広島市立大曲中学校吹奏楽部顧問鈴木健夫先生、吹奏楽部の生徒の皆さんのお陰で、定期演奏会に「心をつなごう♪」を演奏してもらいました。

昨年二〇一七年は、同吹奏楽部顧問飯田浩貴先生、吹奏楽部の生徒の皆さんのお陰で念願だった私の夢の場所、北広島市ふれあい学習センター夢プラザの文化祭で演奏してもらい、より多くの地域の人に聴いてもらうことが出来ました。現在、私が勤務していますす石狩市花川南認定こども園のはまなす子どもクラブでは、毎日「心をつなごう♪」を手話で歌っています。手話の本を心良く貸して下さり一番の歌詞を熱心に教えてくれた先生、はまなすで歌うきっかけを作って下さった田口深雪先生、他の先生方も理解して下さったお陰と感謝しています。私が手話の本で「心をつなごう♪」の二番目と三番目の歌詞を調べていた時、子供達が集まってきて「先生、一緒に調べてあげる」「私も」と言って、みんなで一冊の手話本を手に調べ始めました。調べては手話をやり、調べては手話をやりと繰り返しみんなで覚えていきました。

更なる私の夢は、一人でも多くの人に「心をつなごう♪」を聴いてもらい、歌ってもらい、演奏してもらい、読んでもらい、音楽や本を通じて人と人とがつながっていって欲しいと願っています。そして未来の子供達に「心をつなごう♪」を残せたなら嬉しく思います。私の住んでいる石狩市、北海道、日本そして世界、地球、宇宙を思い、今日も手話で歌います。


「心をつなごう♪」に御協力、御尽力下さいました皆様に感謝致します。

ありがとうございました。

坂本登様（郷士坂本家九代目当主）に感謝致します。

ありがとうございました。

本の帯のお願いを心良く引き受けていただき、御協力・御尽力下さいました、坂本匡弘様（郷士坂本家十代目当主）に感謝致します。

ありがとうございました。

そして、亡き母の親友であり、母の葬儀委員長を務めて下さった大槻知寛・光子御夫妻。風詠社さんを紹介して下さり、本に関するアドバイスや応援をして下さいました。大槻知寛氏（『走歴三〇年 凡人スローランナーの足跡』著）に感謝致します。

ありがとうございました。

最後に主人と子供達そしてラッキーは、いつもどんな時でも、私を支え、励まし、夢を応援してくれました。深く深く感謝致します。

どうもありがとうございました。

あとがき

五十一年の人生を振り返り、今あらためて両親に感謝致します。日の出ずる国、日本に生を受けた事は日本人として誇りに思います。今上天皇様、美智子様がいつも国民に寄り添い、あたたかい目差しと優しいお言葉をかけて下さっているお陰と思っています。日本は素晴らしい国です。日本語も日本文化も皆素晴らしいです。

私は日本人としてこの世に生を受けて、これまで数えきれない程の出会いと別れを繰り返してきました。その間、たくさんのご縁をいただき、多くの人々に恵まれて今を生きています。

楽しい時、嬉しい時、悲しい時、つらい時、人生には様々な時間があります。多様な人間がいたからこそ起こりうる感情。それもまたおもしろきこと。

人との出会いは宝人《たからびと》に出会うようなもの。一期一会の出会いを大切にして、これからもより多くの人と関わっていきたいと思っています。

日本硬貨である金色の丸い五円玉。二〇一一年三月十一日、東日本大震災を経験された宮城県Kさんが作ってくれました亀さんの五円玉。古代では、鶴は千年亀は万年生きると言われています。これからも日本国が末永く続いていきますようお祈り致します。日本人みんなが、笑顔でいられますようお祈り致します。合わせて、日本と世界がつながり、そして日本人と世界の人々がつながり、全ての人々に幸せなご縁がありますように、心からお祈り致します。

これまで私の人生に関わった全ての人々に、心からありがとうを贈りたいと思います。

どうもありがとうございました。

心より感謝致します。

二〇一八年（平成三十年）八月八日

野口　直美

心をつなごう

作詞・作曲　野口　直美

一、
太陽《たいよう》　いつも　ありがとう
自然《しぜん》　生《い》き物《もの》　全《すべ》てを照《て》らしてる
人《ひと》は　みんな　この世《よ》に生《う》まれて
たくさんの愛《あい》に　つつまれて
生《い》きている　平和《へいわ》な　この世界《せかい》
心《こころ》を　つなごう　地球《ちきゅう》よ　宇宙《うちゅう》よ

二、
愛《あい》の　種《たね》を　ひとつずつ
育《そだ》てていこう　生命《いのち》の輝《かがや》きへ
喜《よろこ》び　悲《かな》しみ　寄《よ》り添《そ》い合《あ》って
過去《かこ》も　未来《みらい》も　微笑《ほほえ》み絶《た》やさずに
希望《きぼう》の　夢《ゆめ》へと　広《ひろ》がる世界《せかい》
心《こころ》を　つなごう　地球《ちきゅう》よ　宇宙《うちゅう》よ

三、
海《うみ》と　風《かぜ》が　つながって
人《ひと》と　人《ひと》との　心《こころ》もつながって
みんなの　歌声《うたごえ》　世界《せかい》に届《とど》けよう
優《やさ》しい　手《て》と手《て》に　想《おも》いをのせて
ありがとうの気持《きも》ちをあなたに届《とど》けよう
心《こころ》を　つなごう　地球《ちきゅう》よ　宇宙《うちゅう》よ
心《こころ》を　つなごう　地球《ちきゅう》よ　宇宙《うちゅう》よ

野口　直美（のぐち　なおみ）

昭和42年（1967）5月8日生まれ。北海道夕張郡栗山町出身。

札幌ビズネスアカデミー専門学校医療秘書科卒業。

手稲渓仁会病院、MMSマンションマネージメントサービス（株）、（株）ゼンリン、プレミアホテル中島公園札幌（元、ホテルアーサー札幌）、太陽生命（株）、指定NPO法人わたげ他を経て、現在、学校法人青木学園花川南認定こども園はまなす子どもクラブ学童保育指導員として勤務。

その他…小学校、中学校、高校にてPTA監査、会計、副会長、会長を経て、北広島市大曲・西部地区民生児童委員及び主任児童委員、北広島市立大曲東小学校学校評議委員及び学校評価委員、坂本龍馬財団・理事（2012年～2015年）を経験。

趣味…書道、歌、読書、旅行、フラダンス、花、着物、料理、手話、愛犬ラッキーとのあいさつ運動。


この本を書こうと思ったきっかけは、海を1人で眺めていた時に浮かんできた“心をつなごう♪”でした。この本と曲を通じてみなさんの心もつながり世界中が幸せになるといいなと思っています。

心をつなごう

2018年8月18日　第1刷発行

著　者　野口直美
発行人　大杉　剛
発行所　株式会社 風詠社
〒553-0001　大阪市福島区海老江5-2-2
大拓ビル5-7階
TEL 06（6136）8657　http://fueisha.com/
発売元　株式会社 星雲社
〒112-0005 東京都文京区水道1-3-30
TEL 03（3868）3275
印刷・製本　シナノ印刷株式会社

ISBN978-4-434-25104-7 C0095